鮮綠色的樹葉被風吹起，
捲起巨大到要從空中俯瞰
才能確實察覺到的巨大漩渦。

森林的道路形成螺旋，
樹葉就像要沿著那條道路前進一樣隨風飄流。

「……世界一點也不溫柔……」

魔王學院的不適任者

MAOH GAKUIN NO FUTEKIGOUSHA

～史上最強的魔王始祖，
轉生就讀子孫們的學校～

10

〈上〉

作者 † 秋
Illustration † しずまよしのり

Kadokawa Fantastic Novels

魔王學院的不適任者

登場人物介紹

雷伊·格蘭茲多利

過去曾多次與魔王展開死鬥的勇者轉生後的姿態。

米莎·雷谷利亞

大精靈蕾諾與魔王的右臂辛兩人之間誕下的半靈半魔少女。

辛·雷谷利亞

兩千年前以「暴虐魔王」的右臂隨侍在側的魔族最強劍士。

伊莎貝拉

生下轉生後的阿諾斯。雖有嚴重的妄想癖，卻是個溫柔且堅強的母親。

格斯塔

個性冒失但非常體貼，是阿諾斯轉生後的父親。

耶魯多梅朵·帝提強

君臨「神話時代」的大魔族，通稱「熾死王」。

【勇者學院】

建於蓋拉帝提，培育勇者的學院裡的教師與學生。

【地底勢力】

在亞傑希翁與迪魯海德的地下深處，存在於巨大空洞裡的三大國居民們。

Maoh Gakuin no Futekigousha
Characters introduction

【魔王學院】

阿諾斯・波魯迪戈烏多

泰然且狂妄，具備絕對的力量與自信，人稱「暴虐魔王」而恐懼的男人轉生後的姿態。

米夏・涅庫羅

阿諾斯的同學，沉默寡言且個性老實，是他轉生後最初交到的朋友。

莎夏・涅庫羅

充滿了自信且略帶攻擊性的少女，但很重視妹妹與夥伴，是米夏的雙胞胎姊姊。

艾蓮歐諾露・碧安卡

充滿母性、很會照顧人，是阿諾斯的部下之一。

潔西雅・碧安卡

由「根源母胎」產下的一萬名潔西雅當中最為年輕的個體。

安妮斯歐娜

在神界之門對面等待阿諾斯他們的神祕少女。

【七魔皇老】

兩千年前阿諾斯在轉生前用自己的血創造出來的七名魔族。

【阿諾斯粉絲社】

由醉心於阿諾斯並追隨著他的人們組成的愛與瘋狂的集團。

§ 序章　【～起始之日～】

那是遙久亙遠的起始之日的記憶——是這個世界最初，也是不知重複幾億次的創世。

銀髮少女睜開眼睛。最初映入那雙神眼（眼睛）的，是一整面染成純白的空間。沒有上下，也沒有左右，放眼望去是無邊無際的白。

『早安。』

聲音響起。

『早安，最後之子。』

銀髮少女直眨著眼睛。儘管環顧周圍，卻沒看到聲音的主人。

『即使尋找，也找不到我。因為我早已毀滅。這是為了向祢傳達重要的事情，預先創造而留下的聲音。』

「……妳是誰……？」

少女問完，溫柔的聲音就立刻回答：

『我是祢前一代的創造神，名叫艾蓮妮西亞。是祢與祢妹妹的母親。』

「……妹妹……？」

銀髮少女朝背後看去。雖然輕輕伸出背在後的手，那裡只有一片空蕩。大概是覺得有誰

在那裡吧。可是那是幻想，祂的背後依舊空無一物。儘管如此，祂還是做出動作，像在握著某人的手。

『遺留的聲音不足以將一切傳達給祢。我可愛的孩子，我必須將我的失敗，艾蓮妮西亞世界的終結傳達給祢。』

純白的世界開始溶解。那就宛如雪一樣溫柔且柔和。最後，在純白世界的後方，顯現出一片荒蕪的大地。荒廢的城市與村莊、乾涸的大海、枯萎的森林，以及崩坍的高山。世界了無生機的終結，呈現在少女眼前。

『這就是艾蓮妮西亞世界的終結。』

「……悲傷的世界……」

銀髮少女如此低喃。

『太好了。』

艾蓮妮西亞的聲音說道。

『我在最後生下了溫柔的孩子。』

這句話蘊含著巨大的悲傷與一絲的希望。

『我心愛的孩子，還請聽我說。這是我們創造神不斷重複的世界的歷史。母親傳給女兒，代代相傳下來、眾神的童話故事。』

銀髮少女一面俯瞰荒蕪的世界，一面傾聽那道早已消失的母親之聲。

『創造神艾蓮妮西亞創造了世界。創造了綠意盎然、富饒美麗的世界。各式各樣的生命在那個世界生活著。要讓世界穩定，必須維持秩序的平衡。特別是破壞與創造要是不相等，世界就不會循環，根源將會從輪迴的架構中脫離。』

荒野的世界上，處處點綴著淡淡光芒。那是終結的生命，那些根源的光芒吧。

『我維持著秩序，一直在拚命維持破壞與創造的平衡。可是，在艾蓮妮西亞世界裡，爭執的種子卻不曾斷絕。人們爭執不斷，世界一點一點地邁向滅亡。那所抵達的未來則是現在，就如祢所看到的一樣。』

死與滅亡蔓延，世界迎來極限。在荒野上飄蕩的根源無法再次獲得肉體，只是一味地持續徬徨。

『我說不定錯了。在起始之時、創造世界之時，說不定做錯了什麼事。所以，艾蓮妮西亞世界其實並不完美。在創造時留下的微小秩序瑕疵，最終擴大開來，使得世界毀滅了。我沒能創造出溫柔的世界。』

這句話反映出後悔。神無法達成使命的悲哀，遭到風所吞沒，輕盈地消失。

「……秩序有什麼瑕疵……？」

銀髮少女問道。儘管才剛出生，但祂已經理解到自己要在這之後進行創世。繼承艾蓮妮西亞的秩序，少女毫無疑問是創造神。

『我不知道。這雙神眼（眼睛）沒能看出秩序的瑕疵，創造出的世界讓我覺得就像完美的一樣。明明一直注視著，我最後卻搞不懂了。』

就像在坦承罪過，沉重且悲傷的聲音響起。

『不只是我。就連我的母親……艾蓮妮西亞前代的創造神，還有前前代的創造神，甚至是更早更早之前的神，大家都沒有發現到世界的瑕疵。世界總在不知不覺中迎來極限，讓我們進行了最後的創造。』

「最後的創造？」

『創造神根據自身的秩序，一生中能施展兩次「源創月蝕」。那分別是在世界的起始與終結。』

銀髮少女眨了兩下眼後說：

「創造新的世界時，與創造新的創造神時？」

『沒錯。在理解到世界迎來極限時，創造神要獻上邁向毀滅的根源，創造自己的女兒。新的創造神會重新創造迎來極限的世界，世界便能重新開始嶄新的日子。』

沒進入輪迴的根源，光芒會漸漸衰弱。荒野的光芒正隨著一分一秒逐漸淡去。就跟祂說的一樣，艾蓮妮西亞世界早已達到極限了。

『說不定這個世界本身，早在很久以前就結束了。我們一直在重新創造世界，然而不論重新創造多少次，終結的世界就是會邁向終結。這不是世界的瑕疵，終結就只是宿命、是秩序也說不定。』

就算獻上創造神的根源，也無法讓早已毀滅的世界復甦，而只是讓世界看起來沒有毀滅而已——艾蓮妮西亞想說的，是這個意思吧。

『歷經數億的起始，我們不過是在將悲哀的宿命傳遞到孩子們的手上。祢肯定也無法逃離這個宿命，所以我決定將這個世界，創造神們傳遞下來的這塊大地，人們生活在艾蓮妮西亞天空下的笑容──』

在這一瞬間，哽咽之聲響起。

『在此結束。』

下定決心的那道聲音覆蓋住世界。

『這個世界會就這樣在此邁向滅亡。祢是我創造出來、擁有嶄新權能的創造神，請用那份力量從頭創造出嶄新的世界。捨棄古老的起始，取得嶄新的開始。還請祢……請祢──』

母親滿懷著愛情，在注視世界的少女耳邊說：

『創造出只屬於祢的溫柔世界。』

少女垂下頭思考一會兒後，眺望荒野與天空。淡淡光芒在徐徐搖晃著。其中一道光芒倏地飛來，落在祂的手掌上。銀髮少女用手溫柔地包覆住那道光芒後，明確地左右搖了搖頭。

「沒問題。」

祂輕輕說道。

「我不會讓世界結束。母親所愛的艾蓮妮西亞世界還活在這裡。」

短暫的空白，接著聲音響起。

『不，已經結束了。而且我們還沒有注意到。不對，是儘管注意到了，卻一直不肯面對。然後，就只是將悲哀的宿命留給孩子。這種事情就在我這一代結束，我想留給祢幸福的世界。』

少女再次左右搖了搖頭。

「留下來的，不只是悲哀的宿命。」

剛出生的創造神溫柔地這麼說。

「不論是母親的母親，還是祂的母親，甚至是更久以前、起始的母親，連綿不絕地一直將這個世界傳遞下來。我想大家都愛著，活在這個世界上人們的笑容。」

就像要注視早已毀滅的母親的臉，少女將白銀的神眼筆直地對著虛空。

「所以，誰也沒有讓世界結束。」

就像在傾聽女兒的話語一樣，艾蓮妮西亞的聲音停下。

「我也不會讓世界結束。我的母親艾蓮妮西亞，以祢賜予的這份創造之力，這次我一定會守護住這個世界的笑容。就如同創造神的祖先們一樣，愛著這個世界，愛著在這裡生活的人們。」

銀髮少女將雙手高舉。接著，這片荒野升起了月亮。

「一定會創造出溫柔的世界。」

黑影落在白銀的滿月上。「源創月蝕」發動，銀紅光芒溫柔地遍布世界。

「至今祢們一直傳遞下來的意念，傳承給了我。為了讓大家能好好安息，不讓祢們覺得只有悲哀，以及傳承給我這麼幸福的結果，我會創造出溫柔的世界。」

地鳴聲響起。溫柔且溫暖，無遠弗屆地傳開——那是世界的胎動。

在銀紅光芒的照耀下，荒野開始充滿綠意——世界正在被重新創造。

『我的孩子啊，祢非常溫柔，也非常強大。』

艾蓮妮西亞的聲音響起。

『請向我保證。』

少女耐心等待著母親的話語。

『切勿告訴任何人今日的事情——除了祢的孩子之外。』

「為什麼？」

『我不知道。我們一直在傳承這句話。倘若將起始之日傳達給活在這個世界的人，世界將會被阻礙秩序之人所毀滅。』

少女點了點頭說：

「我保證。」

銀與紅的光芒溫柔地包覆住世界。再過不久，創世就會完成。嶄新的生命誕生，愛與溫柔充滿著世界。

『是時候告別了。最後有什麼想問的事嗎？假如是創造世界的方法，我有辦法教祢。減少爭執的方法、讓人們增加笑臉的方法、讓文明發展的方法、強化魔法的方法……如果有任何祢所不知道的事情，我都還有餘力能告訴祢。』

少女思考幾秒後抬起臉。

「名字是？」

少女這麼問道，再次開口詢問：

「我的名字是？」

艾蓮妮西亞感到困惑一般地回答：

『祢的秩序應該理解才對。創造神的名字，是由創造神自己取的。因為這等同是世界的名字。就算告訴祢名字，也無法成為任何助力。祢問問看更有用的事吧。』

少女左右搖了搖頭。

「就像人類的雙親會這麼做一樣，我也想要母親幫我取的名字。這份愛與溫柔，一定能傳達給這個世界。」

停頓了一下，少女坦率地說：

「比起任何創造世界的方法，更能成為自己的力量，媽媽。」

在短暫的沉默之後，艾蓮妮西亞的聲音響起。

『米里狄亞。』

少女聽到這個名字便露出微笑。

『米里狄亞，但願祢和這個世界能夠幸福。希望祢能原諒無法陪伴祢、在祢身旁教導祢的母親。還請祢這次一定要——』

聲音沙啞並漸漸消失。大概是在授予名字之後，耗盡了剩下的創造之力吧。

早已斷絕的生命要創造出新的可能性，需要相應的力量。即使如此，聲音依舊像在竭盡心力一般地響起。

『讓創造神與世界健健康康地長大。』

最後留下這句話之後，聲音便消失了。

就像要溫柔包覆住被告知的那個名字——米里狄亞，銀髮少女將雙手緊緊地抱在胸前。銀紅光芒突然爆開，綠意盎然的世界從中拓展開來。

懷著對母親的感謝，新的創造神說：

「謝謝祢。」

§1【眾神的蒼穹】

視野扭曲變形，各種形成影像的事物扭轉、彎曲與翻轉。穿過神界之門後來到的地方，次元激烈地紊亂著。我緊握住米夏與莎夏的手，衝過彷彿暴風雨海面般洶湧的縫隙。能看到光芒。是鮮明的天空。我們朝著比藍色還要蔚藍的那片蒼穹，筆直地飛了過去。

「——唔嗯，倘若將起始之日傳達給活在這個世界的人，世界將會被『阻礙秩序之人』所毀滅嗎？」

我思考方才米夏所說，關於這個世界的成立過程。

「搞不太懂。當世界迎來極限時，創造神會以毀滅作為代價創造出新的創造神，讓祂重新創造出新的世界。就算知道這種事，也無法造成任何影響。」

「是指那個『阻礙秩序之人』會跑來干預嗎？」

莎夏動著腦筋思考地說。

「這點也無法理解。『阻礙秩序之人』是指我與格雷哈姆，也就是神族稱為不適任者的人對吧？」

「大概。」

米夏回答。

「就算知曉起始之日，也不會特別讓人想做什麼事。哪怕是格雷哈姆，即使他知曉了世界成立的過程，也沒辦法做什麼事。」

「不過，既然說了會被毀滅，那就應該有什麼理由吧？」

莎夏看著米夏的方向說。

「嗯。」

「有起始之日，這個世界才會存在。也就是世界面臨無數次的毀滅、被一直重新創造的事實，會對活在這個世界的我們造成某種影響嗎？」

至於會造成何種影響，目前沒有半點頭緒。

創造神到底為什麼要將這句話代代相傳下來？

「只不過，妳和母親保證過了吧？就這樣說出來好嗎？」

我一轉頭看向米夏，她就點了點頭。

「我們創造神一直在重蹈覆轍。不斷重新創造邁向滅亡的世界，懷著希望將人們的生命託付給自己的孩子，卻總是迎來一樣的結局。」

米夏筆直地注視著我的眼睛說：

「必須改變才行。不做出改變，就什麼也不會改變。」

要是害怕危險，願望也會無法實現。她判斷就算告訴我起始之日的內容會導致危機到來，只要和我一起就能度過那個難關吧。

「肯定會原諒我。」

我對米夏點了點頭，她便露出淺笑。

「……不過，越想越覺得奇怪呢。」

莎夏把手放在嘴上喃喃低語。

「只要維持破壞與創造的平衡，生命應該就會循環吧？照常理來想，如果破壞與創造的秩序相等，應該會根據死掉之人、滅亡之人的數量，誕生出同等數量的新生命不是嗎？」

莎夏這麼說，隨後提出她的疑問。

「話雖如此，如果世界遲早會滅亡，那麼本來應該誕生的生命消失到哪裡去了？」

「不知道。」

米夏說。

「也許跟創造神艾蓮妮西亞說的一樣，這個世界其實早就結束了。」

「也就是不論怎麼調整秩序，全都只有做到表面上，本質並不同嗎？」

米夏點了點頭。

「所以妳才會想成為這個世界。」

「……嗯……」

的確，如果世界的壽命已盡，只要為這個世界注入新生命，當然就會恢復生機。

「即使持續注視著世界，也不知道魔力總量持續減少的原因。到處都找不到世界的瑕疵，那說不定是活在這個世界的我們無法看見的事物。」

「妳認為無法看見的話，就將世界的結構全部重新創造就好了嗎？」

「我認為這是最好的方法。」

米夏淡然地說。讓自己成為新世界的根源，建立沒有神的秩序的嶄新結構。只要將一切完全地重新創造，就算不知道導致毀滅的原因是什麼，也能夠避免那個原因吧。

「小心起見，我先問妳一件事。安妮斯歐娜現在是不完全的魔法秩序嗎？」

米夏點點頭。

「原來如此啊。」

我一表示理解，莎夏就露出一臉完全搞不懂的表情。

「……那個，能告訴我是怎麼一回事嗎？」

「安妮斯歐娜本來是沒有神的世界的魔法秩序。可是，在現在這個有神的世界裡，安妮斯歐娜無法發揮本來的秩序。」

米夏如此說明。

「……所謂安妮斯歐娜本來的秩序……是誕生出不會被神的秩序所束縛的生命吧？」

米夏點了點頭。

「以安妮斯歐娜的秩序誕生的根源會完全地進行輪迴，不會減少世界的魔力總量。」

「呃……這個我知道……可是你在說什麼原來如此啊？」

莎夏以越來越疑惑的表情詢問，而我則回答：

「假定這個世界存有瑕疵，也就是米里狄亞與歷代創造神發現不到的秩序瑕疵。是那個瑕疵影響了安妮斯歐娜，讓她成為不完整的秩序。」

「啊……！」

莎夏終於注意到一般叫道。

「那麼，只要安妮斯歐娜成為完全的秩序，就表示世界的瑕疵已經除掉了嗎？」

「沒錯。畢竟世界的瑕疵不可能自行報上名來嘛。只要有安妮斯歐娜在，或許就能讓她幫忙追查出那個瑕疵吧。」

因為安妮斯歐娜的存在帶來違反這個世界生命週期的秩序，違背了誕生神與墮胎神的秩序。如果世界的瑕疵存在，安妮斯歐娜就肯定會與那個瑕疵激烈互斥。既然如此，她或許能成為米里狄亞之前的創造神所沒有的關鍵。

「有好好跟上嗎？」

莎夏轉頭看向後方。由於穿過神界之門的時機不同，看不見安妮斯歐娜她們的身影。

就在這時，吹起了一陣風。

「看。」

米夏指向眼前。在鮮明的蒼穹上，黃金火山、白色湖泊、荊棘大地與齒輪般的城市等，

形形色色的各種風景猶如繁星般星羅棋布。

「這裡就是眾神的蒼穹。能看到的風景，各個都是神域。」

如同安妮斯歐娜的芽宮神都與娜芙妲的局限世界一樣。確實，不論何處都散發著驚人的魔力。不愧是神界，或許能將神域的力量發揮到最大極限吧。

「存在這麼多神域，你知道艾貝拉斯特安傑塔與德魯佐蓋多被帶到哪裡去了嗎？」

「倘若是平常，確實瞭若指掌……」

但我感應不到德魯佐蓋多的魔力。如此龐大的力量消失得一乾二淨。那是我的城堡，而且也存在用來召喚的魔法聯繫，就算是神族，尋常角色不可能瞞得過我的魔眼(眼睛)。

「而且也不知道艾貝拉斯特安傑塔的位置。」

米夏說道。對於創造神米里狄亞來說那就像祂的半身，回想起記憶的她會追丟，反倒不自然吧。

「那我們要怎麼做才好……？就算要一個一個找，神域也有這麼多吧？而且還是在敵地的中心……」

「別擔心，儘管兩座城堡確實都沒發現到，但發現不到就是最大的線索。」

莎夏轉頭看向我。

「德魯佐蓋多與艾貝拉斯特安傑塔，是被至少擁有與創造神同等或是以上力量的神所藏起來的。而且還是藏在無法用尋常手段發現到的地方。」

「……世界存在與創造神同等或是以上力量的神嗎？」

「樹理四神。」

米夏說。

「這麼說的話，我記得誕生神與翻轉後的墮胎神也是其中之一吧？雖然我們確實因為攻其不備而被祂打倒了，但有到那種程度嗎……？」

「樹理四神坐鎮在蒼穹的深淵。祂們要在自身的神域之中，才能發揮其本領。」

也就是說，因為遠離了神域，使得墮胎神與祂本來的實力相距甚遠了啊？

「祂們的神域在哪裡？」

「在那裡。」

能看到鮮豔的藍天與飄浮在周圍的數個神域。仔細一看，能發現那些神域形成球形，而在那個球形的中心，相連著四個特別大的神域。

米夏指向其中一個神域。

那是海中矗立著大樹的神域。

「誕生神溫澤爾的神域，大樹母海。」

米夏接著指向瀑布從空中傾注而下的深邃森林。

「深化神迪爾弗雷德的神域，深層森羅。」

再來指向火星飛舞的白色沙漠。

「終焉神安納海姆的神域，枯焉沙漠。」

最後指向枝葉層層相疊、形成好幾層樹冠的圓形空間。

「轉變神蓋堤納羅斯的神域，樹冠天球。」

她一面飛向那四個神域一面說：

「樹理四神的神域，統稱為樹理迴庭園達・庫・卡達德。」

雖然城堡被樹理四神當中的某位神奪走的可能性很高，不過還無法斷定。

「關於眾神的蒼穹，誰是最為清楚的神？」

「我。」

米夏說。

「可是，現在記憶有大半都放在艾貝拉斯特安傑塔上。」

七億年份的記憶，到底沒辦法在一瞬間轉移到魔族的身體上吧。

這也就是說——

「米夏，妳之所以從我身上消除阿貝魯猊攸的記憶，是覺得我會妨礙妳的願望嗎？」

米夏眨了眨眼。

「……我是這麼想的……」

「就連這也不記得了？」

米夏點點頭。

唔嗯，這也能認為是奪走了米里狄亞的記憶吧。將艾貝拉斯特安傑塔帶走的神，說不定不希望米夏回想起一切的記憶。

「罷了。那麼僅次於妳清楚這個蒼穹與達・庫・卡達德的神是誰？」

「視野比創造神狹窄，但會深深窺看深淵的深化神迪爾弗雷德。祂也被稱為賢神，擁有各種見識。」

米夏這樣回答。

「深化神啊？那就要去深層森羅了。」

我們朝著飄浮在蒼穹上的一個神域——瀑布從天空傾注而下的森林降落而去，緊接著浮現在眼前的是一片蒼翠林木。鮮綠色的樹葉被風吹起，捲起巨大到要從空中俯瞰才能確實察覺到的巨大漩渦。森林的道路形成螺旋，樹葉就像要沿著那條道路前進一樣隨風飄流。

「妳知道迪爾弗雷德在哪裡嗎？」

米夏左右搖了搖頭。

「森林的某處。」

「那就隨便找個地方降落吧。」

我筆直飛去、降落在深層森羅上，輕輕踏響大地。真是奇妙的神域，只要朝森林深處看去，就知道空間是扭曲的。

「我們來去找找吧。對方如果是通情達理的神就好了呢。」

正當米夏要開口時——

「請你離開。」

低沉的聲音響起。「沙沙」的踏草聲傳來，男人撥開枝葉的同時現出身影。

那個人身穿以花草編織的服裝與樹葉製成的披風，而且還戴著木頭的頭冠，乍看之下就

像個森林的賢者。從對方身上發出的魔力看來，祂毫無疑問是神族。

「……迪爾弗雷德……」

米夏一開口，男人就朝她看了一眼。

祂應該就是深化神迪爾弗雷德吧。那個男人隨即邁開步伐朝我走近，然後就這樣屈膝跪拜在地上。

「我懇求你，不適任者阿諾斯·波魯迪戈烏多。請你離開這裡吧。」

§2 【窺視深淵的賢神】

樹理迴庭園達·庫·卡達德之一，深層森羅——

在綠葉成陰的奇妙森林裡，神域支配者深化神迪爾弗雷德只是一味地跪拜在地上。沒有敵意嗎？話雖如此，把德魯佐蓋多與艾貝拉斯特安傑塔藏起來的，未必就不是祂。

「把頭抬起來吧。」

我這麼說之後，迪爾弗雷德就不再跪拜，把臉微微抬起，以一本正經的表情朝我看來。祂並不是要述說什麼，就只是用那雙神眼（眼睛）看著我的深淵。

「我們也是有事才會降落在這裡。就算祢低頭拜託，我們也不可能就這樣離開。說說祢的理由吧。」

深化神面不改色地說：

「這個達・庫・卡達德的秩序發生了異變。」

祂不著急、不憂慮，以只是在陳述事實的語調說。米夏的眼神凝重起來。

「火露的流量正在減少。」

一旁傳來倒抽一口氣的聲音。雖然不知是怎麼一回事，看來事態很嚴重。

「火露是什麼？」

「請跟我來。」

迪爾弗雷德朝自己與我們三人畫出「轉移（gatomu）」的魔法陣。

「——倘若你有委身於我的覺悟。」

深層森羅是迪爾弗雷德的神域，我方無法好好施展「轉移」。即使被傳送到危險的場所，應該也沒辦法轉移回來。莎夏以彷彿要訴說什麼的眼神朝我看來。

「帶我們去吧。」

「……就知道你會這麼說……」

她語帶嘆息地抱怨。

轉瞬間，迪爾弗雷德將指尖朝向我們，發動了「轉移」的魔法。

眼前染成純白一片，耳邊響起微微水聲。出現在視野裡的，是龐大到一望無際的瀑布。從天空傾注而下的紺碧之水，落向如山般高聳的圓形懸崖，然後朝著全方位流下。水淡淡發光，散發著光粒子。儘管是如此龐大的瀑布，水聲卻如同小溪般靜謐。

「命之燈火、生命之水、氣息之風與命脈之葉。火露是會改變形態，在這個達・庫・卡達德裡進行循環的存在。」

深化神迪爾弗雷德注視著流落之水說：

「在深層森羅這裡傾注而下的，是從誕生神溫澤爾的神域流入的火露。火露之水會在這座森林的河川裡流動，遍及地下水脈。」

迪爾弗雷德轉身看向生長在瀑布旁的蒼白樹林。

「火露之水會成為樹林的養分，最後改變形態為火露之葉。」

迪爾弗雷德的神眼染成深邃之藍——深藍色。緊接著，地面就變得透明，地底顯露出來。紺碧之水流入大地之中，傳到樹根上，再從樹幹傳到樹枝、從樹枝傳到樹葉遍布開來。

忽然吹起一陣風，青翠樹葉猛烈地在天空飛舞。當中的一片樹葉，落到了迪爾弗雷德的手上。

「那些水被認為等同於這些樹葉。」

「唔嗯，還挺有意思的。」

只要窺看深淵，就知道不論是流落的瀑布之水，還是隨風飄揚的青翠樹葉，本質確實都是一樣的。

「在這座森林飛舞的那些綠葉，將來也會改變姿態嗎？」

「然也。火露之葉會在枯焉沙漠加熱，化為火星；火露之火會化為煙氣，在樹冠天球轉變為風。而這道風會在大樹母海冷卻，轉變成雲；傾注而下的雨，則會變成火露之水。」

然後再度在這座深層森羅裡化為瀑布傾注而下嗎……

「火露就像這樣，在樹理迴庭園達・庫・卡達德裡循環。」

在大樹母海會變成水，深層森羅會變成葉，枯焉沙漠會變成火，樹冠天球會變成風。火露總在這四個神域裡巡迴吧。

「我們樹理四神是秩序的根本，是掌管生命根源基本原則的神。」

迪爾弗雷德轉身向我說：

「這個樹理迴庭園達・庫・卡達德，是將這個基本原則具體化的神域。」

「原來如此。換句話說，所謂的火露，就是地上的根源。火露會在這個達・庫・卡達德裡循環——也就是說，正因為有樹理四神的秩序，根源才會進行輪迴吧。」

「然也。」

接著，莎夏把手放在頭上，以凝重的表情陷入沉思。

「……等等，假如是這樣，火露的流量減少，不論怎麼想都很危險不是嗎……？」

「然也。倘若不儘快讓火露的流量恢復，那個秩序就會漸漸影響整個世界。」

「目前的狀況如何？」

經我問道，迪爾弗雷德立刻回答：

「還處於『轉生（shirika）』的魔法停滯下來的階段。」

即使如此，也無法太過樂觀呢。兩千年前轉生的魔族應該很多，還無法轉生的根源，很可能會變成在虛空中遊蕩的情況。況且要是火露的流量就這樣沒有恢復，就算有人因此喪命

應該也不足為奇。

「因為火露的流量減少，所以要我離開是怎麼一回事？」

「樹理四神的秩序，至今不曾被擾亂過。是故，依我愚見，這是有會擾亂秩序的異物，闖進這個眾神的蒼穹之中的緣故。」

也就是我嗎？的確，在這個神界之中，大概沒有比祂們稱為不適任者之人還要像是異物的存在吧。

「不好意思，我可不記得自己曾經對這個達・庫・卡達德惡作劇過。就算我離開了，也無法保證秩序會恢復喔？」

深化神一語不發地朝我投來視線，臉上浮現出毅然的表情。那表情就像在說，即使無法保證，祂也有根據一樣。

「火露的流量是從何時開始減少的？」

「推測是從你踏入芽宮神都的時候開始。」

也就是說，祂一直都在關注嗎？也對，畢竟這裡宛如祂們的庭院。假如有人侵入，祂們會警戒，可說是理所當然的吧。所以才會在我降落到這裡的同時，像這樣出現在我面前。

「正因為你接近了眾神的蒼穹，所以秩序被擾亂了。擁有毀滅根源的不適任者，光是存在就會影響神的秩序，這點是可以推測的。因為在經過與另一個不適任者——格雷哈姆的戰鬥之後，你讓那份力量更為增強了。」

「也就是說，你的意思是這樣吧。我變得無法抑制住力量了。」

「否也。依我愚見，你根本打從一開始就沒有完全抑制住力量。再說，那也不是能夠抑制的那類力量，我想這麼說才比較適當。」

「哦？」

深化神迪爾弗雷德朝米夏看去。

「創造神米里狄亞，祢在過去曾對我等樹理四神說過：即使破壞與創造的秩序相等，破壞也不知為何會稍微多出一些。」

「……我現在沒有這份記憶。」

「既然如此，那我就傳授於祢吧。當時，我是這樣回答的。秩序總是正確的。看似毀壞之物，原本就是壞的。就只是調整為正確的量，無法確認到減少。」

聽起來很像是神族會有的回答呢。由於認為秩序是比任何事物都還要正確的指標，因此斷定除此之外的事物都錯了。

「然而我錯了。倘若是現在，就能明白那個答案——秩序被擾亂了。經由不適任者阿諾斯·波魯迪戈烏多，以極度輕微到我等樹理四神也無法看穿的程度，讓世界傾向破壞了。」

「不是阿諾斯。」

「然也。」

米夏明確地否定，深化神卻同意了她的意見。這情況讓她困惑地眨了眨眼。

「並且否也。魔王阿諾斯從世上奪走了破壞的秩序，我非常清楚那個王厭惡破壞。然而與此同時，他也是不適任者。」

「……這是什麼意思？」

米夏問。迪爾弗雷德彷彿深深潛入思考中，以窺視深淵般的神眼注視著虛空開口說：

「世上有各種秩序。生命會誕生、逐漸深化、迎來終焉，然後轉變。這是經由樹理四神的秩序所成立的輪迴。那麼，創造神。我問祢。與破壞的秩序相反的是什麼？」

米夏停頓了一會兒後說：

「創造的秩序。」

「然也。過去我也曾經這麼想過，然而我注意到這恐怕是錯的。與破壞的秩序相反的，並不是創造的秩序。這是因為，破壞與創造是表裡一體，米里狄亞與阿貝魯猊攸是互為表裡的姊妹神這點，也明示了這件事。」

深化神以一本正經的語調說。祂就像在更加深邃地窺看自己的思考一樣，握起雙手並闔上那雙神眼（眼睛）。

「我們神乃秩序。是故只能以秩序判斷事物，所以才沒有注意到。然而，我愚思了。愚思、深思並沉思，然後忽然想到。」

迪爾弗雷德以兜圈子的說法繼續說明：

「假設創造的秩序數量為一。假如不毀滅神，要怎麼樣才能從世界上消除這個創造？讓破壞的秩序加一嗎？否也，這樣就只是一樣東西被創造，一樣東西被破壞罷了。只不過是創造發生，然後產生了破壞。」

迪爾弗雷德將交握的雙手舉到嘴邊，用左手的手指輕輕敲著右手的手背。

「那麼到底要怎麼做才行？不適任者阿諾斯．波魯迪戈烏多，請問你的見解是？」

「哎，不介意紙上談兵的話，答案很簡單喔？」

「我願洗耳恭聽。」

「只要不是與創造相反，而是與秩序相反的東西存在就好。也就是說，假如要消除創造的秩序，就要使用創造的混沌——要是有這種東西的話呢。」

「然也。」

迪爾弗雷德朝我指來。

「將沒有秩序之物稱為混沌，我們一直都是這麼想的。然而，事實並非如此。並不是沒有秩序，而是存在混沌。假如秩序為正，那即是負的天理。這正是你所持有的毀滅根源的真面目。」

深化神靜靜地睜開祂的神眼（眼睛）。

「魔王阿諾斯，此乃深化神迪爾弗雷德即使沉浸於深淵之中，仍舊持續窺看底部所得到的智慧。你正是毀滅這個世界的元凶。」

§ 3　【神的假說與魔王的假說】

「誰會相信祢啊！」

莎夏厲聲斷言。她惡狠狠地瞪著深化神迪爾弗雷德。

「像祢們這樣的神族老是這樣。說什麼不適任者在擾亂秩序，講得阿諾斯就好像世界之敵一樣，可是讓這個世界和平的人是誰？」

迪爾弗雷德不改一本正經的表情沉思起來。沒等祂回答，莎夏接著說：

「是神嗎？是秩序嗎？都不對喔。是阿諾斯吧？祢們什麼都沒做，就只是任由秩序擺布，袖手旁觀著。祢們將爭執不斷、漸漸毀壞的世界，就這樣置之不理了吧？然後這次再跑來說毀滅的元凶是阿諾斯？」

她柳眉倒豎，語帶怒氣地說：

「別笑死人了。」

「破壞神阿貝魯猊攸，祢的想法很適當。」

深化神像在肯定莎夏的怒火一般說：

「祢拒絕將為世界帶來毀滅的祢從那個地獄之中拯救出來的魔王，會自行走上同一條道路的想法。」

迪爾弗雷德彷彿在扯歪理的說法，聽得莎夏呲牙裂嘴。

「就說我不相信祢了。就算世界不和平，哪怕人們活在永遠的地獄之中，只要那是秩序，反正祢也不會去在意吧？」

「然也。我乃樹理四神，是構成秩序的根本之神。然而，捨棄秩序的破壞神啊。我問祢，和平是什麼？」

對於這個問題，莎夏當場回答：

「就是世界在笑喲。世界上的人們，大家都在笑的模樣喔。」

「這個回答很適當。可是，這不是神的，而是人的和平。」

祂不帶感情說出的話語，讓莎夏的眼神漸漸染上怒火。

「好了，別這麼生氣，莎夏。」

就像在安撫她一樣，我把手放在她的頭上。

「相異的種族不會產生相同的價值觀。即使是神族，也有祂們的主張吧。祂可是沒將侵入神域的敵人強行驅離，而是低頭拜託的男人。以沒有愛與溫柔的神來說，算是相當好說話的了。」

「……也許是這樣……但我就是不喜歡祂啦……」

莎夏不服氣地說。這大概是因為，迪爾弗雷德說我是毀滅的元凶，讓她強烈回想起還是破壞神時的感情吧。

「雖然妳的憤怒讓我很暢快，但就給我點面子吧。」

我一在她耳邊說道，她嚇到似的睜大眼睛，紅起臉來。

「……那、那麼……我就聽聽這傢伙的主張吧……」

她收起矛頭，把頭垂下。才剛這麼想，她警告似的指向迪爾弗雷德。

「就只是聽聽喔！」

她在這麼說之後，就把臉別開。

「這次換我問祢，深化神。祢們神的和平是什麼？」

「你早就明白了吧，那就是秩序。秩序不會受到威脅，正是神的和平。讓這個世界適當地經由秩序的齒輪持續轉動，即我等神族希望的和平。」

緊接著，米夏開口說：

「即使那個秩序很冷酷，會讓人們的心靈凍結也一樣？」

「然也。好好理解吧，創造神。本來對我等神祇來說，人的變化就全部一律平等。生與死沒有差別，悲與喜也都一樣。」

她悲傷地注視著深化神。

「唔嗯，也就是不論人類、魔族、精靈與龍人變得怎樣，祢都毫不在意？」

迪爾弗雷德沒有立刻回答，微微垂下眼。

「否也。我就以不會造成誤會的話語來說吧。」

祂再度朝我看來說：

「假如用人類容易明白的方式比喻，我等乃劇場的經營者。不論是悲劇還是喜劇，全是在名為人生的舞臺上展開的劇目。只要觀劇，就能促進思考、懷抱思想，也能思辨哲學吧。然而，根據自己的嗜好，對悲劇與喜劇加上優劣的經營者是愚昧的。」

「原來如此。也就是只要能上演就好。」

「然也。劇目無貴賤。不論是喜劇還是悲劇都同樣美好。讓劇目持續上演，也就是維持舞臺的秩序，是神的命題。就只是這個結果，偶然地以悲劇占據多數。我等的目的，並不是要加害於人。」

深化神就像理所當然似的說。

「不是舞臺。人們活在這個世界上，他們的痛苦是真實的。」

「神之中也存在像祂這樣迷上演員的經營者。到最後竟然還自行登上了舞臺，簡直就是瘋了。」

迪爾弗雷德就這樣輕易否決了米夏的話語。

「然而，不論是苦還是樂，都不是永遠的。只要人生的幕布拉下，演員就會消失，然後被分配到新的角色再度登上舞臺。這有什麼好憂傷的嗎？」

男人以一本正經的表情說。祂打從心底堅信，這一點並不需要憂傷。

「生命會輪迴，獲得誕生的根源會逐漸深化。這即意味著成長，深化的盡頭存在終焉。然而迎來終焉的根源，將會轉變成另一個形態，然後再度獲得新的誕生吧。」

迪爾弗雷德仰望天空，注視隨風飛舞的翠綠火露之葉。

「人會永遠重複下去，改變形態、改變姿態，然後改變心靈。儘管人們將這稱為消失，這種無常也是人生。然而，要是為了避免消失而恣意妄為，就會迎來真正的終結。」

「我十分清楚神的和平了。也就是會稱我為不適任者，不時還想要毀滅我，都是因為我先除掉了礙事的神啊。」

「然也。你是為了魔族的和平，而毀滅了神。我等則為了神的和平，想要排除不適任者。我們雙方的和平無法相容——我曾經這麼想。」

「哦？」

曾經嗎？

「意思是，祢有實現雙方和平的方法了？」

「然也。我以前思考的前提錯了。就如同我方才所說的，世界毀滅的元凶是你——阿諾斯·波魯迪戈烏多。世界會爭執不斷，秩序會傾向破壞，是因為你擁有違反秩序的混沌。只要能夠除掉那個混沌，即使破壞神健在，世上的破壞也會變得比現在還要少。」

迪爾弗雷德雙手交握，以右手的手指敲了幾下左手的手背。

「依照米里狄亞的說法，世界在我出生之前就邁向毀滅了，祢是說這也是我造成的？」

「正確說來是作為你根本的根源造成的。根源在迎來終焉、進行轉變時，有時複數的根源也會統合為一體。你的根源原本其實是分散開來的極小混沌，是會讓眾神忽略的渺小力量。就連本來是人類、魔族還是魔法具，都無法推斷。」

「是這些眾多的渺小混沌，在毀滅迎來終焉之後，在進行轉變時偶然地全部統合為一體了嗎？」

「然也。那就是你——擾亂秩序、不被期待的不適任者。」

本來渺小的根源在統合後，成為巨大的混沌。假如是這樣，那麼世界應該會越來越接近毀滅吧。

「然而，這是應當歡喜之事。因為已經弄清楚兩個和平——人的和平與神的和平無法相容的元凶，就只有一個。」

迪爾弗雷德將指尖緩緩指向我。

「不適任者阿諾斯・波魯迪戈烏多，對你來說這也是最大、最強，而且不得不毀滅的仇敵。你所擁有的毀滅根源，只要這個混沌消失，就能守護住兩個和平。」

「這還真是相當有趣的假說。假如是事實，雖然也不是沒有考慮的餘地，不過祢有確切的證據嗎？」

混沌這個概念，至今為止就連神族也不知道。那不是能以魔眼和神眼輕易看穿的存在。

「混沌無法看見，不存在證據。是故，我向你懇求了。只要你離開樹理迴庭園達・庫・卡達德，返回地上的話，就能進行判別了。」

「意思是，假如火露的流量恢復，就能證明我的根源是混沌了？」

「然也。」

縱然似乎有一試的價值，只不過——

「祢是何時想到這個假說的，迪爾弗雷德？」

「儘管花費了悠久的時間思考，我直到方才——注意到火露的流量減少之後才參悟。」

也就是我抵達芽宮神都之後嗎？就目前來說，迪爾弗雷德的說明本身並無可疑之處。話雖如此，時機卻好得莫名。

「要我離開是無所謂，但有個條件。」

「我願洗耳恭聽。」

「交出德魯佐蓋多與艾貝拉斯特安傑塔。」

深化神沉默了一會兒後回答：

「這並非我所為，也不清楚所在。」

「然而是神族做的。而且你的假說也有確認的餘地。這要達・庫・卡達德裡的神沒有偷取火露才能成立。」

只要某人配合我踏入芽宮神都的時機偷取火露，應該就能讓人覺得原因是我擾亂了秩序。這是因為——

「神不會擾亂秩序。」

只要是神族，都會這樣認為。換句話說，迪爾弗雷德的假說得在擾亂達・庫・卡達德秩序的存在，並不存在於眾神的蒼穹之中的前提之下才會成立。

「這點很難說吧？覺醒憎恨的墮胎神就意圖毀滅自己，因此無法保證同樣覺醒感情的神，不會做出這種事來。」

迪爾弗雷德垂下眼眸，開始埋首在思考之中。

「只要我離開這裡，那傢伙就會讓火露的流量恢復原狀——弄得好像不適任者的混沌存在一樣。」

深化神沒有插嘴，以在進行深思般的表情傾聽我的話語。

「也能夠認為，那個人說不定打算將所有神界之門關上，然後利用德魯佐蓋多與艾貝拉斯特安傑塔搞些什麼名堂。而且大概不會是什麼好事呢。」

我邁步走向迪爾弗雷德。

「當然，也能認為祂會更加擾亂秩序。」

我停下腳步，在極近距離下窺看迪爾弗雷德的表情。

「祢說的話也不無道理，因此是個妥協的方案。祢去把德魯佐蓋多與艾貝拉斯特安傑塔找出來，如此一來就算要我老實回去也行。」

深化神閉上眼睛。不是拒絕要求，而是沉入思考的深淵了吧。看來祂果然是位相當好說話的神呢。要再動搖祂兩、三次看看嗎？

正當我要開口時——

『阿諾斯弟弟，你聽得到嗎？嗯～要是聽不到的話，要怎麼辦啊？』

『我是潔西雅……是潔西雅在說話……阿諾斯請回答……要是無法回答，就加油、加油，再加油喲……！』

艾蓮歐諾露與潔西雅傳來「意念通訊（Leaksu）」。

「唔嗯，剛好空出了時間，祢就好好想想吧。」

在朝迪爾弗雷德這麼說後，我回應了「意念通訊」。

§4　【樹冠天球】

『看樣子平安抵達了呢。』

艾蓮歐諾露聽到我的聲音，安心地嘆了口氣。

「真是的～你有點太讓人著急了喔。心跳都加快起來了。」

「阿諾斯……很難回應嗎……？」

艾蓮歐諾露和潔西雅說。

『我在稍微進行關於秩序與混沌的問答呢。』

「……在談……很難的事嗎……？」

『沒什麼，多虧妳的「加油、加油，再加油」，讓問答告一段落了。』

「潔西雅的建議……奏效了……！」

能聽到她欣喜的聲音傳來。在將視野移到艾蓮歐諾露的魔眼（眼睛）上後，層層疊起的枝葉就映入眼簾，從林蔭蔽天的些許縫隙之間窺看到天空。溫澤爾與安妮斯歐娜也在身旁，她們站在一根巨大樹枝上的樣子。

奇妙的是，那個場所沒有地面。不論往上下左右哪個方向看去都是天空，而且同樣都伸展著樹枝。

『唔嗯，妳們掌握到現在的位置了嗎？』

「根據溫澤爾的說法，我們好像在樹理迴庭園達．庫．卡達德，一個叫做樹冠天球的地方喔。」

艾蓮歐諾露一回答，溫澤爾就傳來「意念通訊」。

「是別名叫做轉變之空，轉變神蓋堤納羅斯的神域。」

緊接著，潔西雅輕輕一跳，抱在艾蓮歐諾露的胸口上。

「阿諾斯……接下來要怎麼辦……？潔西雅會拚命……達成魔王的命令……！」

儘管被艾蓮歐諾露抱在懷中，她還是像在模仿騎士一般，將聖劍焉哈雷高舉向天。

「阿諾斯弟弟現在在哪裡啊？先會合一次會不會比較好啊？」

艾蓮歐諾露向我詢問。

『我們降落在深層森羅，正在和深化神迪爾弗雷德交談。由於祂說我是世界毀滅的元凶，因此目前正在和平交涉當中。』

「哇～喔！說什麼和平交涉，這可一點都不和平喔！」

因為潔西雅在踢著雙腳掙扎，艾蓮歐諾露便把她放了下來。潔西雅就這樣小碎步地跑到安妮斯歐娜身旁，偷偷摸摸對她咬著耳朵。

「……安妮……所謂的和平交涉，就是要襲擊對方……喔。」

安妮斯歐娜讓頭上的翅膀「啪答啪答」地拍打起來，歪頭困惑。

「魔王有這麼暴虐嗎……？」

『別擔心，這得看對方的表現。要是演變成不和平的交涉，就會稍微費點工夫。妳們就分頭行動，去找德魯佐蓋多與艾貝拉斯特安傑塔吧。』

「我知道了喔！」

她幹勁十足地回答之後，便立刻把手指抵在嘴邊。

「……嗯～……可是，要怎麼找才好啊？」

潔西雅很有精神地舉手。

「哦，很了不起喔，潔西雅。妳知道嗎？」

「……要加油、加油，再加油地……去找……」

她一臉得意地說道。

「啊～……加油、加油，再加油地去找……有點不太好唸喔？」

潔西雅不高興地鼓起臉來。

「那、那個……就算加油、加油，再加油了，說不定也很難找到，所以要不要改用其他方法呢？」

艾蓮歐諾露就像在打圓場似的說。

「不行……嗎……？」

潔西雅一垂頭喪氣，安妮斯歐娜便牽起她的手說：

「安妮斯歐娜會一起加油、加油，再加油地去找喲？」

潔西雅突然笑逐顏開，將與安妮斯歐娜牽起的手高舉過頭。

「……潔西雅與安妮加油、加油，再加油地去找……就絕對會找到……！」

艾蓮歐諾露一臉不知所措地看著溫澤爾。祂噗嗤一笑，靜靜地邁出步伐。

「請跟我來。在樹冠天球裡，也有與我親近的神。如果是擁有人心的祂們，肯定願意幫助我們吧。」

「咦？可是這個長滿樹枝的天空，不是那個叫轉變神蓋堤納羅斯的神的神域嗎？其他神

族也會在這裡啊？」

「是啊。秩序相近的神，能受到對方神域的恩惠。在樹理迴庭園達・庫・卡達德這個巨大的神域之中，也有神會在這裡設置小型的神域喲。」

墮胎神安德路克就受到芽宮神都的恩惠，打算把處於內部的我作為不會出生的生命墮掉。秩序之間與神族之間彼此息息相關，因此會互相帶來恩惠吧。

「我覺得腳步最好要再快一點喔？」

艾蓮歐諾露施展「飛行(furesu)」的魔法。

儘管身體在這瞬間浮起，但她的雙腳立刻就落回樹枝上。

「咦？」

「飛不起來喔？」

安妮斯歐娜就算展開頭上與背上的翅膀，還是沒辦法飛起來。

「潔西雅也……一樣……」

潔西雅就像在模仿安妮斯歐娜一樣拍打著雙手。

「啊～我想潔西雅本來就沒辦法這樣飛起來喔……」

艾蓮歐諾露一面苦笑，一面忍不住說。

「能在這個樹冠天球裡自由飛翔的，就只有轉變神蓋堤納羅斯。特別是『飛行』，幾乎無法發揮效果。」

溫澤爾這麼說完，便停下腳步。

「請看那裡。」

在誕生神看著的方向上，飄蕩著純白的煙霧。

「那是火露之煙。火露是在達．庫．卡達德裡循環的力量之源。在枯焉沙漠燒盡的火露之火會化為煙氣，上升到這個樹冠天球，然後在這片轉變之空上轉變為風。」

在溫澤爾開口的瞬間，純白煙氣就被葉縫間的陽光照射，染成翠綠色。

接著吹起一陣風。染色的風──翠綠的疾風在樹冠天球裡飛舞起來。

「我們搭上那道風吧。」

「你說搭上，要怎麼做啊？」

「請跟我來。」

就在艾蓮歐諾露發問時，溫澤爾已從樹枝上一躍而下。

「哇～喔！誕生的神還真是大膽喔……」

「潔西雅……也要……！」

潔西雅與安妮斯歐娜依舊手牽著手，兩人一起輕輕跳起，朝著蔚藍的天空落下。

「嗯～這裡明明只有天空，會落到哪裡去啊？」

艾蓮歐諾露露出不可思議的表情，追隨在三人之後。

一陣風朝著不斷落下的她們吹起，那是方才看過的火露之風。宛如搭上翠綠的氣流一般，四人的身體輕盈浮起。

「……潔西雅搭上……風了……！」

「嗯！很厲害喲！有比馬還快嗎？」

「安妮，妳沒騎過……馬先生嗎？」

「沒有耶……所以才不知道……」

安妮斯歐娜讓頭上的翅膀消沉垂下。就像要安慰她似的，潔西雅說：

「……放心吧……潔西雅……來當馬先生……！」

「這是什麼意思啊！」

艾蓮歐諾露忍不住叫道。儘管乘著風飛行，潔西雅還是四腳著地趴下。

「安妮……騎上來……」

「可以嗎？」

「我可是……姊姊喔……」

潔西雅以裝大人的語調說。

「謝謝姊姊！」

安妮斯歐娜一臉開心地伸出手，跨坐在她的背上。

「噠噠……噠噠……」

一面扮演著馬，乘風飛行的潔西雅她們一面在空中奔馳。

「馬先生……和風……誰……比較快呢……！」

「那個呢……一樣快……」

「得到……答案了……！」

「那是當然的喔！」

艾蓮歐諾露大聲吐槽。

「噠噠……噠噠……」

「嘿喲～」

看起來很開心似的，潔西雅與安妮斯歐娜的聲音響起。就像繞著樹冠天球飛行一般，她們的身體再次接近樹枝。那根樹枝上有一個巨大的鳥巢，鳥巢裡形成了湖泊，其周圍覆蓋著花田。

「是那裡。大家跳過去吧。」

溫澤爾說。眼看著巨大鳥巢越來越近後，艾蓮歐諾露忽然發問：

「嗯～？那邊是不是不太對勁啊？花兒枯掉了喔？」

溫澤爾朝艾蓮歐諾露指著的方向看去後，露出凝重的表情。

「……我們快過去吧……」

她們縱身跳下火露之風，降落在巨大的鳥巢裡。裡頭就如同從外頭所見，有著湖泊與花田。儘管開著幻想般五彩繽紛的花朵，可是就和艾蓮歐諾露指出的一樣，到處都有花朵枯萎掉落。

「到底是誰做的……」

溫澤爾像在壓抑焦躁似的喃喃低語。

「……花兒要是枯掉了，會有什麼問題嗎？」

「神域的花是不會枯萎的。除非掌管這裡的開花神勞澤爾毀滅了……」

雖然眾人朝周圍環顧一圈，卻感受不到神的氣息。

「姊姊！有誰在那裡喲！」

安妮斯歐娜大喊的聲音，使得全員都轉過頭去。就像埋在花叢中一般，一名男人倒在那裡。縱然穿得就像個農夫一樣，但祂毫無疑問是神族。祂全身傷痕累累，一眼就能看出身負重傷。

「……勞澤爾……！」

溫澤爾一衝過去，就把男人抱起，呼喚著祂的名字。開花神忍不住發出呻吟，同時睜開眼睛。

「啊啊……溫澤爾……祢回來啦……太好了……」

「發生什麼事了？」

「樹冠天球的秩序……被擾亂了……誕生了……會殺害神的神……我之外的神，全都被那傢伙給毀滅了啊……」

勞澤爾彷彿在哀悼死去的夥伴一樣，祂握緊拳頭，眼裡還噙著淚水。

「祂是什麼樣的神？」

「……那傢伙伴隨著暴風雨而來，自稱淘汰神羅姆艾奴……可是，除此之外一無所知……我就連祂的身影都看不見……等注意到時已經……」

勞澤爾在吐血後，激烈地咳了起來。

「……恢復……！」

潔西雅與艾蓮歐諾露對開花神施展「抗魔治癒（enshieru）」與「總魔完全治癒（eishiearu）」。在耀眼光芒的籠罩下，祂的傷勢漸漸恢復，但根源的魔力卻越來越衰弱。

「……兩位小姐，謝謝妳們。不過別看我這樣，我可是掌管開花的神呢……這個神域的花要是開始枯萎，就已經無法避免毀滅……」

艾蓮歐諾露一轉頭看向溫澤爾，祂便點了點頭。

「在這個神域持續盛開的十三萬株花兒，是開花神的命。假如只有一成枯萎還沒有問題，要是枯萎三成以上，就已經……」

「既然如此，只要讓這裡開出新的花朵就好了不是嗎？」

艾蓮歐諾露豎起食指說。然而，溫澤爾左右搖了搖頭。

「各個神域都是世界的縮圖。就像世界的根源上限是固定的一樣，達・庫・卡達德的火露數量是固定的，這個神域的花朵數量也是固定的。」

由於枯萎的花也算一株，所以就算倚靠誕生神的力量，應該也無法增加到十三萬株以上。溫澤爾的秩序也同樣是巨大秩序的齒輪之一。

「沒問題的！有辦法救祂喲。」

安妮斯歐娜說：

「請施展安妮斯歐娜。雖然還不完全，但安妮斯歐娜不受神的秩序所束縛，是魔王的魔法喲！」

展開頭上與背上的兩對翅膀，她的身體閃閃發光起來。艾蓮歐諾露恍然大悟一樣點了點頭。

「我知道了喔！」

她的周圍飄起魔法文字，並從那裡溢出聖水。魔法線從安妮斯歐娜的肚臍伸出，而艾蓮歐諾露的下腹部也同樣出現了魔法線。這兩條魔法線，就像臍帶一樣連結起來。

「『根源降世（安妮斯歐娜）』。」

安妮斯歐娜敞開雙手畫出魔法陣，一萬零二十二隻白鶴便從中飛出。飛在花田上的那群鳥一隻一粒，將合計一萬零二十二粒種子拋在土壤上。

悄悄鑽進土中的那些種子，在眨眼間開始發芽開花。

於是——

「……真是驚人……」

開花神勞澤爾緩緩坐起身。

「……妳究竟做了什麼？我的力量恢復了——」

勞澤爾突然目瞪口呆。艾蓮歐諾露在隨著祂的視線看去後，發現湖泊中高高竄起一道水柱。有什麼降落到這裡來了。

「——找到了。」

湖底傳來沉重的聲音，花田因強大的魔力而開始震動。湖泊的水量眼看著越來越少，然後完全枯竭。隨後一名穿戴白色披風與纏頭巾，身上佩帶一把彎刀的男人現身。

「是妳偷走火露的吧，安妮斯歐娜？」

§5　【終焉神】

纏頭巾的男人邁開步伐。僅存的水窪在接觸到他的鞋子後，不是蒸發、不是吸收，而是枯竭了。彷彿水迎來了終焉一般——

「在那裡停下來，終焉神安納海姆。」

這時誕生神溫澤爾厲聲喊道。

「作為樹理四神的祢離開枯焉沙漠，究竟所為何事？假如祢在這個神域施展力量，花兒會在眨眼間枯萎掉落。」

無視溫澤爾的警告，終焉神安納海姆朝她們緩緩走去。

「……還是說，將這個神域的眾神們毀滅的淘汰神羅姆艾奴，就是祢嗎……？」

「祢問了也是白問。」

沒有停步，安納海姆發出沉重的聲音。

「白問……祢這是什麼意思？」

「假如淘汰神羅姆艾奴是我安納海姆的另一個面貌，我不可能讓此事曝光。即使我說不是，懷疑到我身上的祢也不可能相信。」

祂一副不由分說的態度說。

「不，只要好好對話，彼此之間的誤會應該就能解開。」

「才想說好久沒見到祢，結果開口第一句話，就是讓我安納海姆背上擾亂秩序的汙名，這還有什麼好說的啊，祢這蠢貨。」

溫澤爾被說得一時語塞。看來這個人是個乖僻的男人啊。又或者是在假裝乖僻，藉此隱瞞自己毀滅了神的事實。

「我為自己的失禮向祢賠罪，還請祢冷靜下來，終焉神。祢來到這個樹冠天球，是所為何事？」

「在祢離開時，火露被人偷走了。或者，是祢讓人偷走的嗎？」

安納海姆以殺氣騰騰的凌厲視線瞪著安妮斯歐娜。

「——讓那個不是神的可惡秩序偷走了。」

潔西雅就像要保護安妮斯歐娜一樣，擋在安納海姆的視線前方敞開雙手。

「安妮斯歐娜什麼也沒偷！」

「祢……冤枉人……！」

「閉嘴，小丫頭們！」

安納海姆以威猛的聲音大喝安妮斯歐娜和潔西雅。

「在這個達・庫・卡達德裡除了妳們之外，沒有人能偷走火露。」

「我向祢保證，終焉神。以我誕生神之名發誓。」

於是，安納海姆帶著殺氣騰騰的眼神說：

「很好，那就把安妮斯歐娜交出來吧。」

「……祢說什麼……？我應該說過，她不是偷走火露之人……」

「要說她沒有偷，就把人交出來。如果祢是清白的話。」

光是安納海姆發出的話語，就讓溫澤爾她們受到沉重的壓力。神域的花朵遭到壓扁，花瓣飛散。

「祢打算做什麼？」

「施加制裁──名為終焉的制裁。」

祂的回答毫不留情。彷彿一旦鬆懈，祂就會在那一瞬間襲擊過來一樣。

「……雖然她不是神的秩序，對我來說就如同自己的孩子一般。聽到心愛的孩子會迎來終焉，怎麼有父母會把人交出去呢？」

「笑話，祢以為這種戲言對我安納海姆有用嗎？」

祂狠狠地瞪向溫澤爾她們。

「世上只有一件事值得終焉之神相信，那就是終結之命的話語。」

「……這個神族在說什麼啊？完全聽不懂喔……」

艾蓮歐諾露一面戒備，一面小聲喃喃自語。大概是聽到這句話吧，安納海姆將目光朝她看去。

「根源在迎來終焉時，會將其一生所培育的一切釋放到這個世界上。掌管輪迴終焉的這雙神眼（眼睛），是不會看漏這些情報的。」

安納海姆身上散發出魔力，神域彷彿在畏懼似的震動起來。

「終結的根源不會說謊。既然如此，那要追究原因也是易如反掌。只要導向終焉，事情就能真相大白。」

祂擁有能澈底知道毀滅之人的記憶與內心的權能嗎？

「假如安妮斯歐娜是清白的，祢打算怎麼做？」

安納海姆完全不為所動地說：

「高興地顫抖吧。我會特別為妳延長終焉五分鐘。」

在從枯竭的湖中走上岸後，安納海姆繼續往前走。祂的腳踐踏到花兒之後，花兒就像朝周圍傳播一般接二連三地枯萎、掉落。開花神勞澤爾痛苦地抽搐著臉。

「喂！禁止踐踏喔！」

艾蓮歐諾露以「聖域（asuku）」的魔法在手掌上凝聚魔力，發射出「聖域熾光砲（teo toraiasu）」。巨大的光之砲彈彷彿一道洪水，猛烈地將終焉神安納海姆吞沒。儘管全身暴露在壓倒性的魔力光芒下，那個男人依舊不以為意似的向前邁進。

「騙人！完全沒有用喔！」

那是將愛與溫柔轉換成魔力的「聖域熾光砲」。那個魔法照理說對神族有效，可是儘管受到直擊，終焉神安納海姆依然像在用手把光輕輕推開一般繼續前進。

「我安納海姆可是支配根源終焉的神，要終結掉妳們的性命輕如反掌。」

「有……破綻……！」

以「聖域熾光砲」作為遮掩，潔西雅繞到終焉神的背後。她跳起並將焉哈雷高高舉起，以「複製魔法鏡」將劍增加為無數把，然後集束成一把巨劍。

「潔西雅，不行喔！快逃！」

劈下的焉哈雷，被終焉神用左手接住。瞬間，光劍的劍身粉碎四散。

「區區紀律人偶。」

安納海姆的手刀斜斬過潔西雅的身軀。大量的鮮血溢出，她在眨眼間斃命。

「『復活』。」

艾蓮歐諾露的魔法陣包覆住潔西雅，讓她復活。不過，讓潔西雅的屍體倒下是誘餌——

終焉神趁艾蓮歐諾露專心施展「復活」的瞬間，一口氣拉近了距離。安納海姆在極近距離下拔出彎刀。

「『四屬結界封』。」

地水火風的四個魔法陣形成結界，艾蓮歐諾露保護著自己。

「沒於終焉吧。枯焉刀谷傑拉米。」

劈下的白色彎刀穿過「四屬結界封」，斬斷艾蓮歐諾露的手。不對，就連手也穿透過去，然後再穿透頭蓋，那把刀劃過了她的身體。

「……啊…………」

被斬斷的，只有艾蓮歐諾露的根源。穿透萬物，僅將根源斬斷，使其生命枯竭。那就是枯焉刀谷傑拉米的權能吧。擅長以魔眼（眼睛）觀看根源的艾蓮歐諾露，搶先一步注意到這件事，稍微退了開來。

雖然根源受創，但不是致命傷。她鞭策勉強還能動的身體，防備著追擊。可是就在這一瞬間，安納海姆已從她眼前消失。

祂的目標——是安妮斯歐娜。終焉神在剎那間逼近到她身旁，將枯焉刀筆直地刺向幼小的身軀。「鏘————！」震耳的不快聲響徹開來。只會斬斷根源的枯焉刀，被紺碧之盾抵擋了下來。手持著這面盾、護住安妮斯歐娜的，是誕生神溫澤爾。

「起始的一滴，終將化為池塘，形成萬物之母的大海吧。我溫柔的孩子，請醒來吧。誕生命盾阿芙羅海倫。」

紺碧之盾散發出耀眼光芒。哪怕枯焉刀谷傑拉米升起魔力粒子，溫澤爾的盾牌也沒被穿透，無法留下一絲傷痕。不對，正確說來盾牌留下了傷痕，但是盾牌的各個部位正在持續不斷地重新誕生。僅以根源打造，就算死去、就算毀滅，也會持續重新誕生。那是生命之盾。

「快住手，安納海姆。尊重秩序的祢，難道打算讓樹理四神相鬥嗎？」

「笑話。」

安納海姆緩緩伸手抓住誕生命盾阿芙羅海倫。

「以掌管誕生的祢為對手，根本算不上爭鬥。」

終焉神在使力後，溫澤爾整個人就被輕輕舉起。儘管誕生命盾與枯焉刀不分軒輊，腕力上是安納海姆遠遠居上風。

「礙事。給我滾開。」

「……唔……」

安納海姆一面連同盾牌一起將溫澤爾舉到頭上，一面直線前進，朝安妮斯歐娜劈下枯焉刀；然而這次被淡淡發光的結界擋下這一刀。那是艾蓮歐諾露以仿真根源形成的魔法屏障。

「我知道要怎麼擋下那把彎彎的劍了喔。」

「白費工夫。」

終焉神猛然使力，將仿真根源的魔法屏障斬斷。就在這時，響起了溫柔的聲音。

「花粉啊，飛舞吧。」

在開花神勞澤爾的指示下，神域的花朵們一齊讓花粉飛舞。

「風要來了！樹冠天球的風，會幫我們把開花神的花粉送走！」

聽到溫澤爾這麼說，艾蓮歐諾露她們立刻做出反應。翠綠之風吹襲花田的神域。她們就像要追上花粉一樣大跳起來，搭上那陣風。

「……先逃……先贏……！」

潔西雅朝著一下子遠去、變得跟豆粒差不多大的終焉神，擺出V的手勢。

「——別想逃。」

才剛響起沉重的聲音，終焉神安納海姆下一瞬間就一口氣跳到安妮斯歐娜附近的樹上。

「安妮妹妹！」

艾蓮歐諾露拉扯魔法線，讓枯焉刀從安妮斯歐娜的頭上掠過。儘管火露之風以驚人的速

度將她們送走，安納海姆還是在樹枝之間跳躍，無止境地追了上來。

「總覺得對方是位很驚人的神喔……明明沒有施展『飛行』，為什麼追得上啊……？」

「……會被……追上嗎……？」

潔西雅一面舉起焉哈雷，一面凝視在樹枝之間跳躍的安納海姆。

「無須擔憂。」

溫澤爾說。

「只要到這裡，能踏的樹枝就只剩下那裡了。」

祂朝著接近過來的巨大樹枝看去。在這瞬間，能看到白色人影跳到那上頭。終焉神安納海姆立刻蹬開樹枝，筆直地撲向安妮斯歐娜。

「結束了。」

「是啊。等下次有機會再談吧。」

溫澤爾用盾輕易擋下劈下的枯焉刀，沒有立足點的安納海姆只能墜落。

「殺吧，谷傑拉米。」

安納海姆在墜落途中就像做出最後掙扎一樣，將枯焉刀投擲出去。筆直射向安妮斯歐娜的那把彎刀，因艾蓮歐諾露以仿真根源的魔法屏障而避了開來。安納海姆不斷墜落，她們則乘著風逐漸遠去。艾蓮歐諾露豎起食指說：

「死纏爛打的男人，可是會被討厭的喔！」

就在這時——

「……潔姊姊……！」

安妮斯歐娜慘叫般大喊。艾蓮歐諾露驚訝地轉頭後，發現潔西雅的脖子上纏著像是布一樣的東西。

「……唔……啊……」

縱然她想以焉哈雷切斷那塊布條，卻切不斷。那個帶有神的秩序的物體，是終焉神的纏頭巾解開之後的模樣。只要沿著白布看去，就能在前端看到一隻手臂，而安納海姆就抓在上頭。祂帶著殺氣騰騰的凌厲眼神，朝安妮斯歐娜瞪去。

「——別想逃。」

§6 【統治神域之人】

翠綠之風加快速度，艾蓮歐諾露她們眼看著離樹冠天球的中心越來越遠，纏在潔西雅脖子上的神布就隨之勒緊。儘管終焉神安納海姆垂吊在布的前端，還是使勁地扯回布條。祂大概想要搭上火露之風吧。祂的身體越是接近，潔西雅的脖子就被勒得越緊。

「……唔……啊……！」

「潔姊姊……！我立刻去救妳……！」

安妮斯歐娜改變翅膀的角度，彷彿帆船一樣巧妙操作承受著風力的方向移動過去，然後

把雙手伸向纏頭巾的布條。

「不行！」

溫澤爾立刻抱住她的身體，阻止她這麼做。

「安妮斯歐娜，安納海姆的目標是妳。要是隨便亂碰，布條就會解開，這次改纏繞在妳身上也說不定。」

「可是……姊姊她……！」

安妮斯歐娜一臉擔心地看著潔西雅。被勒住脖子、無法好好說話的潔西雅，朝她擺出V的手勢。

「……沒……問……題……」

「很了不起喔，潔西雅！」

艾蓮歐諾露抓住布條，將安納海姆稍微拉過來，減輕勒在潔西雅脖子上的力量。

「『根源支援魔法球（eorunesu）』！」

以艾蓮歐諾露為中心畫出魔法陣後，從中「啵啵啵」地浮上紅、藍、綠色的魔法球。

「溫澤爾、潔西雅！快拿走紅色的魔法球。能在六十秒內發揮出力量喔！」

溫澤爾與潔西雅立刻碰觸紅色的魔法球。兩人在吸收掉魔法球後，紅色的魔力粒子就立刻從全身溢出。

「要瞄準了喔！」

「聖域」的光芒集中在艾蓮歐諾露的指尖上。

「潔西雅，將那把光之聖劍給我。」

溫澤爾說。潔西雅立刻分裂焉哈雷，交給祂一把。

「『複製魔法鏡』。」

往上揮出的兩把光之聖劍，以「複製魔法鏡」的無限鏡增幅力量。她們的目標是安納海姆的白布。即使無法毀滅終焉神的本體，只要切斷這塊布條，祂的身體就會被拋到樹冠天球的天空之中。在無法飛行的這個神域裡，直到撞到樹枝之前，都只能一直墜落吧。

「要上了喔——！『聖域熾光砲』！」

艾蓮歐諾露施放光之砲彈，並經由「複製魔法鏡」的無限鏡更加增幅力量。與此同時，溫澤爾與潔西雅劈下焉哈雷。三道光在同一個點上交會，伴隨一道巨響引發大爆炸。

溫澤爾與潔西雅以「根源支援魔法球」提高到極限的魔力，經由「複製魔法鏡」再度增幅後，甚至還加上艾蓮歐諾露的「聖域熾光砲」。這是三人目前所能當場施展出來、最好且最大的攻擊。然而——

「……騙人…………」

艾蓮歐諾露驚愕地說。布條沒被切斷。即使集中三人使盡全力的攻擊，就連祂所持有的纏頭巾布條都傷害不了。

「無須驚訝。我安納海姆是唯一擁有終焉根源的神。」

安納海姆用力將布條扯回。

「……唔……」

潔西雅的脖子被再度勒緊，艾蓮歐諾露立刻在手上施力。

「喝啊！」

終焉神更加用力地拉扯布條。在那異常的臂力之前，艾蓮歐諾露與潔西雅的身體在翠綠之風中逆流。

「唔啊！」

下一瞬間，兩人就像被拔走一樣，被拋到跟風向完全不同的方向上。利用這股反作用力，安納海姆宛如交換位置一般跳到翠綠之風上。祂以凌厲的眼神朝安妮斯歐娜瞪去。

「結束了。」

祂在右手注入魔力。恐怕一擊就能讓安妮斯歐娜身首異處的手刀，毫不留情地劈下——

「……啊…………！」

安妮斯歐娜忍不住叫出聲來。鮮紅血液「滴滴答答」地淋溼了她的臉。她杏眼圓睜，露出驚愕的表情。在空中飛舞的，是終焉神安納海姆的手掌。

「我說過了，有話就等下次有機會再談吧。」

誕生神溫澤爾再次擋在前方。祂以手上的紺碧之盾，斬斷了終焉神的手腕。

誕生命盾阿芙羅海倫——帶有超凡魔力的那面生命之盾，好似在說它發揮出真正的實力，閃耀著比方才還要神聖的光芒。

「還是說，祢打算在這裡與我相鬥？」

翠綠之風呼嘯，只將安納海姆甩落。祂眼看就要掉落下去，於是施展「飛行」重整姿勢，目光凌厲地看著前方。

溫澤爾緩緩降落在那裡。祂背後有巨大的大樹樹幹，下方則是一片大海。大樹不是長在大地上，而是大海上。其樹根分散成好幾層，甚至達到了海底。

「——在這個大樹母海裡。」

總算成功逃走了——祂說。祂原本就打算逃到這裡吧。在樹冠天球吹拂的火露之風，最終會來到大樹母海，轉化為雨。溫澤爾利用這一點，將安納海姆引誘到自己的神域來。

「不論身在何處，我安納海姆都說到做到。把火露還來。」

終焉神安納海姆簡短回應後，便往上方看去。祂朝著被翠綠之風包覆的安妮斯歐娜直線飛去。

「萬物之母的大海，會將祢溫柔包覆，賜予安眠。」

海面就像噴泉似的隆起，突然冒出的巨大水之手將安納海姆的神體包覆起來。祂即使想斬斷水之手，手刀也只是在水中劃過。眨眼間，海水將祂整個人包覆起來，終焉神被囚禁在水球之中。

「大樹母海的水全都像我的手腳。好啦，終焉神。快睡吧。」

囚禁住安納海姆的水球，就這樣沉入海中。大樹的樹根像生物一般蠕動，轉眼間在祂身上纏繞。即使終焉神為了逃離那裡而傾注魔力，樹根與海水依舊文風不動。溫澤爾是統治大樹母海的神，既然神域的一切都是祂的夥伴，哪怕是掌管終焉的神，也沒辦法輕易擊敗祂。

安納海姆說：

「『根源光滅爆』。」

光集中在神體上爆發開來。暴力般的聲音震耳欲聾，大樹母海震動起來。可是即使如此，溫澤爾孕育生命的神域依舊很頑強。大樹與樹根正面承受安納海姆的根源爆炸，儘管變得破爛不堪，不過海水一發出紺碧之光，轉眼間就再生回來，一下子就恢復原貌。

「……哇～喔……神族居然施展了『根源光滅爆』，嚇了我一跳喔……」

潔西雅與艾蓮歐諾露帶著安妮斯歐娜，朝誕生神飛來。她們看向安納海姆本來所在的方向，那傢伙完全消滅了。

「那位神毀滅了，這樣秩序沒問題嗎？」

艾蓮歐諾露豎起食指，一臉悠哉地詢問。

「神遭到毀滅的根源，最終都會抵達終焉之地——即是這個樹理迴庭園達・庫・卡達德的枯焉沙漠。換句話說，就是終焉神所支配的神域。尋常的神會在那裡澈底迎來終焉，但是終焉神的秩序不會終結，祂的神體與根源應該會再次再生回來。」

「是……作弊了嗎……？」

潔西雅這麼問道，溫澤爾則面帶微笑地回應，沒有正面答覆。

「嗯嗯嗯，就算毀滅了，居然也不會毀滅，我絕對不想跟祂打喔……這種傢伙就得交給阿諾斯弟弟才行。」

她忍不住這麼說。

「只要待在大樹母海，應該就很安全。樹理四神在各自的神域裡擁有絕對的秩序。哪怕是終焉神，在這片誕生之海上也無法充分發揮實力，無法對我出手。」

「那我想稍微休息一下喔。」

溫澤爾噗嗤一笑，轉身面向大樹。

「那我們到那裡去吧。」

四人朝著大樹飛去。火露之風從她們身旁越過，順著上升氣流升上遙遠的天空。翠綠之風就在上空捲起漩渦，接二連三轉變成雲，從那裡開始下起散發紺碧光芒的雨水。火露從風變化成水了。

「請在這裡休息。儘管因為不是住人的地方，所以就連椅子都沒有。」

「沒關係喔！」

在開在大樹上的空洞裡，艾蓮歐諾露她們坐了下來。沐浴著暖風與柔和的陽光，她們安心地稍作休息。

「話說回來，祂說什麼安妮妹妹偷走了火露，我雖然完全搞不懂是什麼意思，但溫澤爾明白嗎？」

「……不。我只知道在我不知情的時候，達・庫・卡達德發生了什麼異變……」

溫澤爾一臉困惑地說。深化神迪爾弗雷德提出火露的流量會減少，是魔王阿諾斯擁有的混沌所造成的假說；終焉神安納海姆則更直接地判斷，火露是安妮斯歐娜偷走的。恐怕對樹理四神全員來說都無法理解的事情，如今就發生在這個樹理迴庭園裡吧。

「雖然我也很在意這件事，首先必須救助勞澤爾。」

由於她們將安納海姆從花田的神域之中引走，所以開花神應該也平安無事。話雖如此，要是放著不管，祂說不定會再次遭人毀滅。

「花朵的神……幫助了我們……」

潔西雅說。正因為開花神讓花粉飛來，她們才有辦法搭上火露之風，來到溫澤爾的神域之中。

「這次輪到潔西雅……去幫助祂……！是報恩……」

她猛然站起。

「安妮斯歐娜也要幫忙！」

「嗯～可是不覺得奇怪嗎？為什麼神族會殺害神族？」

「……我不知道……」

面對艾蓮歐諾露的疑問，溫澤爾似乎只能這樣回答。

「淘汰神……是剛才的終焉神嗎……？」

潔西雅問。

「雖然有這種可能，不過目前還無法斷定。我實在不願去想，樹理四神居然會做出這種事情來……」

溫澤爾一副愁眉苦臉的表情。

「那個……我還以為有名叫淘汰神的神，其實不是嗎？」

在艾蓮歐諾露詢問後，溫澤爾就垂下眼簾。祂在想了一會兒後回答：

「……會毀滅神的秩序，本來應該不會誕生才對。因為一切的神，都是為了維持世界的秩序而存在的。就算毀滅掉開花神，或是那個神域裡的眾神，應該也只會擾亂秩序。」

「啊～這樣啊、這樣啊。這麼說來確實是這樣喔。既然如此，淘汰神羅姆艾奴是怎麼回事啊？」

「……那應該不是正式的神名。是在這個達．庫．卡達德的眾神當中，某位神自稱淘汰神，將神毀滅了吧……」

溫澤爾一臉難過地說：

「某位發狂的神。」

「也就是說，那是擁有感情的神做的吧……？」

「雖然難以置信就是了。」

神殺害神，秩序毀滅秩序。這對神族來說，本來應該是不可能的事。即使是因恨瘋狂的墮胎神，會想毀滅自己來消滅誕生神，也是為了毀滅違反秩序的安妮斯歐娜。換句話說，祂是為了全體秩序而那麼做。

即使無意義地毀滅開花神或其他眾神，對神族也毫無益處。淘汰神究竟是誰？是為了何種目的而毀滅神？

「嗯～腦袋有點混亂了喔。總之就先去救助開花神，之後再交給阿諾斯弟弟去煩惱就好了吧？」

儘管艾蓮歐諾露這麼說，溫澤爾卻陷入沉思。

「……不能輕舉妄動。安妮斯歐娜要是前往樹冠天球，安納海姆可能會再度前來。我們無法保證每次都能用相同的手法逃離。」

「可是，要是就這樣置之不理，不知道淘汰神何時會跑去毀滅勞澤爾喔？」

「安納海姆的目標就只有安妮斯歐娜。艾蓮歐諾露、潔西雅，請妳們兩人在此保護她，我會讓大樹母海將其他人綁起來。哪怕是終焉神前來，也能在我回來之前爭取時間吧。」

溫澤爾以下定決心的表情說：

「我要再度前往樹冠天球，救出勞澤爾。」

§7 【扮演之神】

「好啦，迪爾弗雷德。就如我方才以『遠隔透視』讓祢看到的一樣。」

深層森羅。在瀑布自天空連成一線落下的深邃森林裡，我向長時間以來一直陷入沉思的深化神說：

「殺害神的神、叫什麼淘汰神羅姆艾奴的傢伙，目前混入這個樹理迴庭園達‧庫‧卡達德之中。雖然不知道祂的真實身分，不過祂進入開花神勞澤爾的神域，毀滅掉其他眾神這點是無庸置疑的吧？」

迪爾弗雷德轉身面對我。只不過，祂的神眼似乎仍在窺看自己的思考深處。

「還是說，毀滅掉那些神族的，也是我的混沌嗎？」

在我這麼問完，迪爾弗雷德就像在說答案顯而易見一樣地開口說：

「否也。你的混沌只會影響世界的秩序，不是會直接加害神族的那種存在。」

「既然如此，是我，或是我的部下直接下手的嗎？」

「否也。我確認了你們自芽宮神都來到眾神的蒼穹的模樣。你們毫無時間能夠毀滅樹冠天球的神。」

我咧嘴一笑。

「也就是說，至少在這個達．庫．卡達德裡，存在要毀滅神族、擾亂秩序的人——除了我們之外。」

「那傢伙奪走火露的可能性是？」

迪爾弗雷德思索似的交握雙手。

「……無法否定……」

深化神一面以右手的手指敲著左手的手背，一面陷入思考。

「不過淘汰神的存在，並沒有否定你所擁有的混沌。火露可能是被偷走的，或是你的根源所造成的。」

這麼想也很有道理。淘汰神也許就只是殺害神的存在，與火露毫無關係。

「既然如此，我有個提案。我就去幫祢找出火露是被誰偷走的吧。要是我找到了，祢就要協助我找出德魯佐蓋多與艾貝拉斯特安傑塔。」

假如深化神所說的全是事實，對祂來說，火露的流量減少才是最為擔憂之事。倘若是為了解決此事，協助找出德魯佐蓋多與艾貝拉斯特安傑塔，就不過是件小事吧。只要奪走並藏匿這兩座城堡的人不是祂。

「假如找不到，你打算怎麼辦？」

「既然我找不到，就表示那樣東西並不存在。也就是說，你的假說是正確的。而我就依照要求，從這裡離開吧。」

我畫出「契約」的魔法陣，向祂展示方才所說的內容。迪爾弗雷德將神眼望向魔法陣，同時思索起來。雖說如此，沒有其他能讓我和平離開的方法了。

「期限是一天。假如超過一天以上，就連這個達·庫·卡達德會發生什麼事，都會變得難以預測。」

「看來交涉成立了呢。」

在寫上「契約」的詳細條件後，迪爾弗雷德就簽字了。

「我不太清楚樹理迴庭園的事。縱然我想先去找淘汰神羅姆艾奴，你有什麼頭緒嗎？」

「倘若能借助你的力量，我想去搜尋枯焉沙漠。」

「也就是在那裡的神很可疑嗎？」

迪爾弗雷德點了點頭。

「是安納海姆。」

接著，莎夏困惑地歪著頭。

「安納海姆，是方才襲擊艾蓮歐諾露她們的終焉神吧？那傢伙好像認定偷走火露的人，就是安妮斯歐娜的樣子。不過祂跟祢一樣，想要守護這個樹理迴庭園的秩序不是嗎？」

「然也。可是能操控、干涉火露的神，除了樹理四神之外，再無其他。假如推測火露是被偷走的，那麼包含我在內的四神之一的某位神就是犯人。而當中最為可疑的，就是終焉神安納海姆。」

迪爾弗雷德以條理分明的語調回答。就連自己也列為懷疑對象，確實很像賢神會做的事情呢。

「唔嗯，所以是為了假裝不是自己所為，襲擊了安妮斯歐娜嗎？」

在遭人懷疑之前，先懷疑他人，這也是有可能的事呢。

「為何覺得可疑？」

米夏問。

「在不久前，我察覺到枯焉沙漠發生了異變。就我的神眼（眼睛）看來，祂的神域像是混入了某種異物。可是，儘管我想查明那是什麼，安納海姆都不願提供任何協助。那擺明像是在說，不准干涉祂神域的事情一樣。」

「安納海姆就是這種個性。」

「然也。假如是平時，我並不會追究，不會干涉彼此的神域；然而現在達・庫・卡達德的火露減少，名為淘汰神的神的存在又浮上檯面，就有必要前去搜索，窺看那個深淵。」

如果終焉神就是淘汰神，事情就簡單了吧。但事情真的會這麼單純嗎？至少安納海姆的行動，就像要人快去懷疑祂一樣。

「為什麼祢沒去查明那個異物？就算不用干涉，只是看的話就沒關係吧？就算安納海姆想妨礙，祢也有辦法強行搜索。」

「假如做得到，就無須思索了。我完全敵不過安納海姆，即使在這個深層森羅交戰，也無法斷言我有勝算。」

唔嗯，我不覺得這個男人有這麼弱呢。

「誕生神溫澤爾在大樹母海，好像凌駕在安納海姆之上的樣子喔？」

「然也。根源會進行輪迴，也就是誕生、逐漸深化、迎來終焉，然後達到轉變。只要終焉還位在深化的盡頭一天，我的秩序敵不過安納海姆的秩序就是天理。」

原來如此啊。

「也就是樹理四神之間相生相剋嗎？」

「然也。換句話說，就是深化優於誕生，終焉克制深化，轉變凌駕終焉，誕生超越轉變。這是達・庫・卡達德的秩序，這個世界不動的道理。」

根源會深化。也就是說，潛入深淵，使得根源的魔力成長這點。因此深化到極限之後，等在前方的就是終焉嗎？的確，魔力會在根源接近毀滅時變得更加強大。要說這股力量敵不過毀滅本身，也不難理解。臨欲滅時光明更盛，以更盛之光克服燈滅。可是到了最後，終究會迎來無法克服的瞬間。

「深化神迪爾弗雷德能窺看深淵的神眼，唯一看不到的場所與對象嗎？我能理解祢為何會說除了我之外，安納海姆是最為可疑的了。」

就算安納海姆不是淘汰神，發生在枯焉沙漠的異變也很令人在意。先去那裡尋找並沒有什麼損失。

「米夏、莎夏，妳們就前往大樹母海，與艾蓮歐諾露她們會合吧。安納海姆說不定會和我擦身而過，然後前往那裡。」

在我朝她們看去後，米夏就像看穿我的意圖一樣點了點頭。

「我知道了。」

莎夏則這樣回答：

「那就走吧。枯焉沙漠要往哪裡走？」

迪爾弗雷德指向森林裡。

「火露之葉會翩翩飛舞，引誘我們前往螺旋的森林深淵。那裡即是深層森羅的終端，枯焉沙漠的起點。」

樹葉一面不規則地飛舞，一面引誘我們前往森林深處。接下來恐怕要去螺旋的中心。

「來吧。這座森林要是不親眼看過、走過，就無法抵達深淵。」

迪爾弗雷德邁開步伐，而我跟在祂的身旁。

「請小心。」

背後傳來米夏的聲音。我輕輕抬手回應。

「妳們幾個也別大意了。達・庫・卡達德很廣大，可無法像墮胎神那時一樣，立刻趕去救人喔。」

「我、我知道啦。這次不會有事啦。」

莎夏難為情的聲音在背後響起。我一面注視深層森羅的樹林，一面與迪爾弗雷德往前走了一會兒。這裡是連接好幾個異界的奇妙森林。乍看之下是通往深處的岔道，實際上卻通往其他場所。假如沒選到正確的道路就無法前進，但是正確與錯誤的道路卻會在下一瞬間交換。接近深淵的正確路線，時時刻刻一直在變化。

「所謂的深化，是連續不斷的岔道。正確答案則每次都不一樣。有時照理說會正確地深深潛入，等注意到時卻身在淺灘上。」

「唔嗯，這就是這個深層森羅的秩序嗎？」

「然也。能夠不迷路地抵達如螺旋般打轉的森林深層，只有本人深化神迪爾弗雷德。」

深化神伸出手，催促我停下腳步。在以魔眼（眼睛）凝視後，我發現眼前的道路突然通往異界。這前方恐怕會通往森林的其他場所吧。就算環顧四周，也看不到正確的道路。

「有時停下腳步，會是最快的捷徑。」

稍待片刻後，異界消失，深化神再度走了起來。向前走、停步，有時還會後退。迪爾弗雷德就像這樣一直選擇正確的道路，來到這螺旋森林的中心。那裡有一面無邊無際的淺水窪，而那面水窪猶如鏡子一樣，倒映著飄在上空的純白雲朵。

不對，儘管很像雲，定睛一看卻是不同的東西。倒映在水鏡上的是白色沙丘。翩翩飛舞的火露之葉被風吹起，倒映在那面水鏡上。緊接著，鏡中的樹葉燃燒起來。彷彿與此連動一般，這邊的樹葉忽然消失。在水鏡裡的沙丘上，火露之葉燃燒殆盡，化為火星飛往某處。

「這裡連接著枯焉沙漠的起點。準備好了嗎？」

「隨時都行。」

在我這麼說完，迪爾弗雷德就浮空飄起，將自己的身體倒映在那面水鏡上。就跟方才的火露之葉一樣，鏡中的迪爾弗雷德被火焰籠罩，這邊的祂消失無蹤。在水鏡之中，站在沙丘上的祂轉身面對我。

「無害的。」

傳來這道聲音。我一面覺得這個地方還真是不可思議，一面以「飛行」讓身體浮空飄起。與此同時，我向米夏她們發出「意念通訊」。

『我就要進入枯焉沙漠了。妳們明白的吧？』

『是要我們趁迪爾弗雷德不在的時候，去搜索深層森羅吧？』

莎夏的聲音傳了過來。

『祂說不定將德魯佐蓋多與艾貝拉斯特安傑塔藏在這座森林的某處。也有可能火露的流量減少只是祂自導自演，而淘汰神就是迪爾弗雷德。』

『不過，這個神域是深化神的吧？我們要是到處亂跑，難道不會立刻被發現嗎？』

『深化神的神眼雖能窺看得很深，但並不廣。只要離開森林，就看不見我們的身影。』

米夏回答莎夏的疑問。我將身體倒映在森林的水鏡上，一面看著鏡子對面的我被火焰籠罩，一面對兩人說：

『深化神已經離開深層森羅了，妳們就盡情地去找吧。』

§8　【波羅】

感覺很奇妙。儘管覺得就像沉沒相當漫長的距離，換算成時間卻連一瞬都不到。我全身籠罩著火焰，周圍是火星紛飛的純白沙漠。我們從深層森羅移動到枯焉沙漠了。

「唔嗯。」

我輕輕揮手拍掉火焰，朝著沙丘的頂端望去。熱霾升起，能在那裡看到海市蜃樓。就像沙漠的綠洲一樣能看到樹林與池塘——也就是深層森羅朦朧地存在著。

「怎麼了嗎，魔王阿諾斯？」

深化神迪爾弗雷德從背後向我提出疑問。

「沒什麼，只是有點在意邊界。」

在我轉身要往前走時，迪爾弗雷德就突然出現在眼前。

「深層森羅與枯焉沙漠的邊界嗎？」

深化神以一本正經的語調詢問。

「不過是個無關緊要的疑問。在那道海市蜃樓的對面，以及那一頭水鏡的對面，究竟從哪裡開始是深層森羅，從哪裡開始是枯焉沙漠。還是說——」

「存在深層森羅與枯焉沙漠重疊的地方嗎？」

我輕輕笑了笑，然後說：

「就是這麼一回事。」

「你的疑問讓我深感興趣。」

迪爾弗雷德以祂的神眼注視綠洲的海市蜃樓。

「不過，即使是能夠窺看深淵的這雙『深奧神眼』，也有看不見的事物。特別是達到終焉，我的神眼所無法觸及的事物。」

深化神一面交握雙手一面說：

「儘管無法妨礙思考沉入深淵，光是思考也不太能達到底部。」

我不禁笑了笑。

「有哪裡可笑嗎，魔王阿諾斯？」

「雖說火露減少、秩序受到擾亂，祢卻露出相當愉快的表情呢。還以為祢是個沒有心的神，看來祢好奇心相當旺盛的樣子。」

「否也。我是掌管深化的秩序，是故只是擁有會讓事物的深淵從未知變成已知的習性。看起來像是帶有好奇心，是因為你擁有人心所致。」

迪爾弗雷德以不知變通的語調一口否定。

哎，反正怎樣都好就是了。

「所以？深層森羅與枯焉沙漠的邊界，祢是怎麼想的？」

「是夾縫。沒錯，恐怕……存在並非深層森羅，也非枯焉沙漠的境界，在這道海市蜃樓的對面。就是那個境界將火露引導過來的。」

迪爾弗雷德以右手的手指敲著左手的手背。

「那道短暫的夾縫，正是瀕臨毀滅的根源能返回深化的短暫期限。用你們的說法，就是臨欲滅時光明更盛，以更盛之光克服燈滅。」

「唔嗯，有意思。」

就如同至今迪爾弗雷德的說明能理解一樣，樹理迴庭園達・庫・卡達德是將根源的基本原則具體化的神域。假如德魯佐蓋多與艾貝拉斯特安傑塔是被藏在這裡，那就會是依循秩序的行為吧。就算不漫無目標地尋找，只要發揮智慧，就能自然而然地找出藏匿地點。

「——那麼，首先要做什麼呢？只要立刻把終焉神五花大綁起來就好了嗎？」

「否也。要儘量避免交戰，先去搜索異變的原因。」

迪爾弗雷德這麼說完，就以「飛行」微微浮起，筆直地降下沙丘；我則立刻尾隨在後。

「哦？這個神域裡也有聚落啊？因為有接近終焉的神嗎？」

我雖然這麼詢問，迪爾弗雷德卻沒有回答。祂彷彿沉入思考深處一般，專心沉思起來。

「怎麼了？」

「……你方才說了聚落嗎？」

「是指能在那邊看到的海市蜃樓。那就只是幻覺嗎？」

我朝位在沙丘山腳下的海市蜃樓聚落看去，深化神也轉頭朝同一個方向看去。閃著深藍光芒的那雙「深奧神眼」確實盯住了聚落，深化神卻說：

「——我無法目視到。」

「原來如此。」

終焉會克制深化。也就是說，假如終焉神以祂的秩序隱藏，迪爾弗雷德就難以看穿吧。更何況，祂還是在這片枯焉沙漠裡呢。

「就讓祢看見吧。」

我切開自己的指尖，輕輕撫過迪爾弗雷德的神眼（眼睛）。注入我魔力的血，薄薄地貼在祂的視網膜上。只要透過這層血，終焉應該也能鮮明地映入深化神的神眼裡。祂一目視到聚落，就瞬間露出凝重的表情。

「……能在一切都會迎來終結的終焉之沙上設置神域的神，頂多只有破壞神阿貝魯猊攸。這裡就連守護神都無法靠近……」

「也就是除了安納海姆之外，沒有任何人住在這裡嗎？」

「然也。應該是這樣才對。」

我們一面交談，一面接近海市蜃樓的聚落。在來到眼前後，海市蜃樓別說消失了，範圍還變得更大了。除了簡樸的帳棚外，還有將土壤與黏土固定後搭建的住家。在安納海姆之外照理來說無人居住的神域裡，為何會有這種東西存在？假如枯焉沙漠是終焉秩序的具體化，總覺得存在為了生活的聚落很不搭調。

「這說不定就是祢所說，異物的真面目。」

「然也。」

我們踏入裊裊搖晃的海市蜃樓之中。與尋常的海市蜃樓不同，聚落不止沒有消失，還半實體化了。就跟在沙丘頂上通往深層森羅的通道很相似，具有像是魔法或神的秩序的力量。

我一面環顧四周，一面走在那個聚落裡，眼前開始能看到大型的石造建築物。儘管巨大得就像房屋一樣，外觀卻是座水井，能聽到小孩子們的嘻笑聲。迪爾弗雷德就像在說祂難以置信一般，眼神變得嚴峻起來。

我們登上巨大水井的邊緣。當我們從那裡往下看後，能在下方約三十公尺處看到井水，石造的地面上有小孩子們在嬉戲著。他們全都穿著陳舊的布塊。

「……怎麼會……在這個眾神的蒼穹……而且還是在枯焉沙漠裡……」

深化神倒抽一口氣。然後，祂將那雙深藍的神眼（眼睛）朝向小孩子們。然而，不論祂怎麼窺看深淵，結果都一樣。他們並非神族。

「是人類的小孩啊。」

「……這不會是自然發生的……」

眾神的蒼穹是神族們的國度，是只以秩序成立的世界。不論是哪裡，應該都不會有人類誕生的理由。

「你們是誰？」

我回頭看去，發現那裡有個身穿破布的少年，年齡大概十歲左右。他朝我們投來囂張的眼神。與海市蜃樓的聚落不同，他是完全的實體。

「別在意，我們就只是旅行者。想說這個枯焉沙漠裡居然有聚落，還真是稀奇呢。」

「這樣啊。很厲害吧？」

少年自豪地挺起胸膛。看樣子，他並不怎麼覺得我們很可疑呢。

「我叫阿諾斯，這傢伙是迪爾弗雷德。你的名字是？」

「我叫做韋德，是波羅們的長老，很了不起喔。」

「……波羅……？」

迪爾弗雷德一臉疑惑地蹙起眉頭。

「不知道嗎？所謂的波羅，就是指這個聚落的孩子們。是我命名的。」

雖然這件事並沒有流傳到外頭，我當然也不可能知曉他們夥伴之間怎麼稱呼，不過居然叫做波羅啊？以偶然來說，實在太剛好了呢。

「你叫做韋德對吧？以長老來說，你看起來很年輕的樣子？」

「什麼嘛，你不知道嗎？年紀最大的人就會是長老喔。」

也就是說，韋德是最年長的嗎？越來越無法理解了呢。

「你們波羅是怎麼出生的？」

「波羅是從水井裡出生的。會從水裡冒出來喔。很厲害吧？」

迪爾弗雷德朝水井看去。祂毫無疑問在看裡頭有什麼。

「你們是怎麼學會語言的？」

「語言？打從一開始就會說了喔？」

儘管魔力波長與人類十分相似，看來與尋常的人類不同呢。也許這就是火露流量減少的原因。假如應該要在達・庫・卡達德裡循環的火露，因為某種理由在這裡變成名為波羅的生命，事情就說得過去了。在朝迪爾弗雷德使了個眼色後，祂同意似的點了點頭。

「少年，我想觀看一下水井裡頭。」

在深化神這麼說的瞬間，熱風黏稠地撫過臉頰。白色沙塵揚起，沙暴開始襲擊聚落。

「糟了！安納海姆要來了喲！」

韋德一溜煙便逃進水井裡頭。才剛這麼想，他就突然把頭探出來。

「喂，你們也來吧。我特別允許你們進來喲！」

在丟下這句話後，韋德就匆匆忙忙逃進水井裡頭。我向迪爾弗雷德說：

「祢就去水井裡頭，調查波羅的孩子們是怎麼誕生的吧。現在時機正好，也許能找到終焉神不想讓他人知道的東西。」

「如要對上祂，你可要小心。終焉神是不知終結為何物的不滅之神。在這片枯焉沙漠上，就連要爭取時間也絕非易事。」

我一面聽著迪爾弗雷德從背後傳來的提醒，一面慢步邁開步伐。

「不用祢說，我也打算十分注意喔。免得真信了不滅，一不小心就把祂毀滅了呢。」

§ 9 【終焉之知】

沙暴湧來，覆蓋住聚落。㠯㠯搖晃的熱霾——海市蜃樓形成的沙漠村落被白色沙塵吞沒，接著燃燒起來。

處處竄起純白火焰，淡淡火星在眼前紛飛。那是命之燈火，在達・庫・卡達德裡循環的火露之火。我從容不迫地走向將一切吞沒下去的白色沙暴。

在這瞬間，眼前閃起一道光。我伸手用力抓住一旁的空間。

「你打算去哪裡啊，終焉神安納海姆？」

比湧來的沙塵還快、打算一口氣通過這裡的，是穿戴白色披風與纏頭巾的神。右手被抓住的安納海姆，朝我投來凌厲的眼神。

「你難道以為，有辦法從我的眼前輕易通過嗎？」

「可惡的不適任者。」

安納海姆在被抓住的右手上猛然使力。肌肉鼓漲，魔力粒子洶湧激盪。餘波則使得沙塵飛揚起來。

「哦？想跟我比力氣啊？」

相對於想將粗壯手臂往上揮的安納海姆，我在右手上注入魔力，使勁地往其壓下。黑與

白的魔力互相拉鋸，腳下的沙子全被震飛出去。

「祢打算利用住在這個聚落裡的人類小孩做什麼？」

在我這麼詢問後，安納海姆就蹙起眉頭。

「人類小孩？你在開什麼玩笑。枯焉沙漠裡沒有生命，一切可都是終焉燈火所展現出來的海市蜃樓喔。」

「唔嗯，所以不是祢利用循環的火露，創造出小孩來的嗎？」

安納海姆加強魔力，緩緩抬起我用來壓制住祂的手臂。

「偷走火露的人是你，居然還想將自己犯下的罪行推卸到我安納海姆頭上，不知羞恥的傢伙！」

在祂放聲大喊的同時，安納海姆使勁地把我的手臂推了回來。

「這難道是你第一次比輸力量嗎，不適任者！」

安納海姆自全身發出彷彿沙暴般的魔力，狠狠地將我的手臂往上推開。儘管祂想順勢甩開我的手臂，整隻手卻在那裡突然停住。

「抱歉，方才在思考一些事情。我在想祢到底是在說謊，還是就只是個笨蛋。」

「唔……！」

我在右手上注入魔力，狠狠地往下壓回去。安納海姆粗壯的手臂被漸漸壓下，再度回到原本的高度上。

「沒想到會因為分心而比輸力量呢。祢的臂力還真是相當驚人啊，終焉神。」

「唔呣呣呣……！」

在我集中魔力與意識，狠狠地壓下去之後，終焉神當場跪下。

「哦？真虧祢能撐住。這要是尋常的神，早就被我壓爛了。」

「笑話。居然在枯焉沙漠挑戰我安納海姆，真是個愚鈍的男人。」

呼應安納海姆的氣勢，白色沙暴變得更加強勁。終焉神狠狠咬牙，使勁地蹬向沙漠的地面。枯焉沙漠就像要幫助祂一樣，捲起的沙塵纏住我的手臂；白沙則給予後援，推動著祂的手腳。在竭盡臂力與魔力、將神域的加護轉變為力量後，祂像是要將我甩開一般，把粗壯的手臂往上揮。

「就反過來讓我擊潰你吧！呣啊啊啊啊啊啊啊啊啊啊——呃啊！」

我使勁全力把手往下揮，將祂「啪」的一聲壓在地上。安納海姆就像被壓扁似的埋進沙地，一如字面意思地吃了滿口沙。

「我有事想問祢。」

我用腳踩住祂被埋在沙裡的腦袋。只不過，腳下的感覺立刻就消失了。這是因為終焉神的身體化為白沙，崩塌散開了。彷彿和枯焉沙漠混合在一起，不見祂的身影，可是祂的魔力瀰漫在這附近一帶。

「唔嗯，無妨，祢就這樣聽吧。枯焉沙漠裡有人類的小孩是事實，他們稱呼自己為波羅。在這片理應無法存在生命的沙漠，終焉神安納海姆的神域裡，他們避開祢的神眼（目光）在此生活，難道不覺得奇怪嗎？」

「笑話。」

不知從何處響起安納海姆的聲音。

「對我安納海姆來說，疑心是無意義的。思考與推測，都不過是無知之人的行為。銘記在此身上的是終焉之知。我與賣弄小聰明的迪爾弗雷德不同，甚至沒有窺看深淵的必要。只要一個生命終結，其所擁有的一切知識就會落到我的手中。」

「原來如此，我十分清楚了。」

沙暴捲起激烈漩渦，漸漸奪走我的視野。

「理解終結吧，不適任者！」

突然間，一道人影從白色沙塵裡衝出。祂拔出佩帶的彎刀——枯焉刀谷傑拉米，正朝我刺出。

「你就只是個笨蛋。」

我施展「根源母胎（艾蓮歐諾露）」的魔法，在眼前創造出仿真根源。淡淡光芒會化為盾牌，擋下只會斬斷根源的枯焉刀吧。在這一瞬間，我以「根源死殺（bebuzudo）」的指尖刺向祂的根源。

「不論你怎麼苦苦掙扎，生者都敵不過終焉神。你們等同沙漠的沙塵，會被谷傑拉米的火焰燃燒殆盡。」

儘管我以「滅紫魔眼」瞪著祂的秩序，也無法造成任何抵抗。圍起好幾層的仿真根源之盾就在接觸到谷傑拉米的瞬間燃燒，化為白色沙粒。筆直刺出的刀刃，穿透我的反魔法與魔法屏障，同時通過我的皮膚。在刀刃達到根源之前，我以「根源死殺」的手壓制祂的右手。

「這和艾蓮歐諾露她們交戰時有些不同呢？」

枯焉刀上纏繞著火星。那是火露之火。它將那個終焉的秩序視為友方，將刀刃染成了紅白色。

「不會終結之物並不存在。你們在我安納海姆面前，就等同一粒沙的渺小生命。在谷傑拉米的炎刃之前，只會一味地燃燒殆盡。」

那把火焰的刀身，輝煌閃耀著紅白光芒。不愧是誇了這麼大的海口，魔力非比尋常。

「唔嗯，也就是只會不由分說地燒斷根源的刀刃嗎？」

在能穿透一切的刀刃上，還追加了針對根源的鋒利度。那應該會是遠遠超過「根源死殺」，殺害根源的刀刃吧。

「不過，只要不被砍中，就跟尋常的棍棒沒有差別。」

黑色的魔力粒子自我的全身上下噴出。我在手上猛力使勁後，祂的右手就被推回，本來通過皮膚的谷傑拉米刀身被一點一點地拔出。當我更加使勁後，安納海姆的右手就發出「嘎吱嘎吱」的聲響。緊接著，祂的手腕就被我捏爛。不對，祂再度化為白色沙塵，混入沙暴之中了。

「沒於終焉吧，不適任者。枯焉沙地獄。」

我的腳立刻就陷進沙漠裡。地面崩塌，身體墜落。白色沙粒眼看著崩落下來，周圍形成又深又廣的坑洞。而且這個流沙地獄還在轉眼間不斷擴大範圍，

就彷彿沙子的瀑布潭。沙子已經淹到膝蓋，沒辦法把腳拔出。就算想用「飛行」飛離，

腳踝也像被某人抓住一般拉扯，妨礙我向上飛升。

「枯焉沙漠的流沙地獄是通往終焉的道路。一旦遭到吞沒，就會止不住地下沉，七分鐘後枯竭殆盡。將會殘存下來的，是生者本來的面貌——一粒沙子。」

終焉神安納海姆出現在我的背後。我的魔力確實從腳上不斷外洩，大概是被這些沙吸走的吧。

「哦？祢打算逃離我七分鐘嗎？」

「別胡扯了。你就看好即將迎來的結局吧。」

我的正面能看到埋在沙裡的骸骨。那個骸骨被白色火焰吞沒，轉瞬間崩塌下來。

「那就是末路。當骸骨燃燒殆盡時，即是你的終焉。早已連轉身都無法的你，無從後退，只能朝著那個骸骨、那個末路，一味地被往前拖去。」

安納海姆緩緩舉起枯焉刀。

「如今的你，無從避開我安納海姆的枯焉刀。」

祂手中的火焰刀，紅白地閃耀著。

「不過是身體的方向，真虧祢能說這種大話，讓我無論如何都想轉向背後了。」

我將手掌伸向腳邊，畫出十門魔法陣，從中胡亂射出「獄炎殲滅砲」。每次擊中都使得白沙飛揚，不斷挖掘著流沙地獄。

「我不會給你時間轟開流沙。不論怎麼苦苦掙扎，在我安納海姆面前，你都是等同沙漠一粒沙的渺小生命。你絕對逃不出神的腳邊，只會在谷傑拉米的炎刃之前燃燒殆盡。」

這句話化為力量一般，谷傑拉米輝煌閃耀。終焉神以目不暇給的速度蹬地衝出，谷傑拉米的炎刃有如沙暴般颳來，逼近我的背後。

「來吧，終焉之時到了，不適任者。沉入永恆吧。」

祂伸出手臂，生命導向終焉的谷傑拉米閃耀著紅白光芒。雙腳仍埋在沙裡的我扭身避開這一刀，伸手抓向祂的手臂。而安納海姆就像看穿我會來這一招，旋轉一圈，以彎刀砍向我的背部。

「在這裡。」

我以伸向背後的手拍掉終焉神的手。雖然有打中的手感，枯焉刀卻沒被拍掉。祂朝我的死角移動而去。安納海姆來到就算扭身也難以避開、把手伸向背後也抓不到的位置上，以高速刺出突刺。

「呣啊！」

紅白之刀燃燒起來，筆直刺向我的根源。即使勉強避開這一刀，也會在第二刀、第三刀時失去平衡，淪為枯焉刀的餌食吧。既然如此——

「……呣唔……！」

我將背後仰到極限，以拱橋姿勢避開這一刀，用右手抓住祂的手。既然會變成沙，那就直接搶走枯焉刀。

「『根源死殺』。」

安納海姆在要被刺中之前，避開染成漆黑的指尖。纏頭巾輕輕飄落，祂的額角微微滴下

鮮血。祂沒有退縮，以雙手握住枯焉刀，注入全身力道。

「『根源威滅強體』。」

正當我以為安納海姆的根源在瞬間瀕臨毀滅，祂的力量就在眨眼間膨脹開來。原因是祂消耗生命，轉變成力量了。枯焉刀的刀尖碰觸到我的額頭。

我以後仰的姿勢用一隻手在抵抗，而且還正被流沙地獄吸收著魔力，因此無法將安納海姆以充分的姿勢注入全身力道的彎刀推回去。

「結束了……！」

在安納海姆竭盡臂力的瞬間，我更加地往後仰，用手撐住地面避開這一刀。

枯焉刀谷傑拉米掠過鼻尖，刺在地面上。

「這樣你就動不了了。」

谷傑拉米被從地面拔起，揮向我緊貼在旁的臉。就算挺起身體避開，也會直接刺穿我毫無防備的背後吧。炎刃閃耀，化為閃光——這彷彿連沙暴都能斬斷的凌厲一刀，揮空了。安納海姆瞪大眼睛，因為在眼前的我消失無蹤。

「咯哈哈，還真是遺憾呢。我轉身了喔。」

我的聲音使祂抬頭往上看。我飛在空中、轉身過來的模樣，想必映入了祂的眼中吧。搶在祂做出反應之前，我一把抓住安納海姆的後頭部。

「祢也埋進沙裡吧。」

我將安納海姆狠狠壓倒的同時，以「獄炎鎖縛魔法陣」綑綁祂的神體。祂趴著倒下，我則降落在地面上。看到我盤腿坐著，安納海姆瞪圓了神眼（眼睛）。

「……你……何時把腳……」

「祢以為我發射『獄炎殲滅砲』，是為了要轟掉祢的沙嗎？」

我為了能隨時切斷雙腳，事先以漆黑太陽燒掉被沙吞沒的腳踝。

「好啦，祢雖然是不滅的，但究竟是何種程度的不滅，就來確認一下吧。」

我將魔力注入抓住祂後頭部的指尖，畫起魔法陣。

「『斬首刎滅極刑執行（giginubuenuenuzu）』。」

漆黑的斷頭臺裊裊出現。就算祂想變成沙逃走，我也在獄炎鎖上疊起「四界牆壁（beno iebun）」，再加上「滅紫魔眼」阻止祂這麼做。

「……姆唔……！」

「被渺小的一粒沙掌握生殺大權的感覺如何啊？」

祂一面吃得滿口沙，一面猛然朝我瞪來。

「笑話。不論怎麼苦苦掙扎，你都無法從我安納海姆的腳邊逃走——」

我將指尖縱向劃下。

「執行。」

斷頭臺的刀刃猛然落下，砍掉了安納海姆的頭。

§10 【沙城】

終焉神的頭掉在白沙上。受到斬首詛咒的那個根源，確實在我的眼前毀滅了。我一面以魔眼觀察祂的樣子，一面在自己燒斷的雙腳上畫起魔法陣。「總魔完全治癒」的光芒聚集在斷面處，手感卻很奇怪，無法治癒。恢復魔法一點也沒有發揮效果。

「這裡可是在終焉之沙上頭喔。在枯焉沙漠終結之物，不論是什麼都無法復原。」

不知從何處傳來聲音，眼前的白沙開始形成人形。白沙轉瞬間變化成穿戴白色纏頭巾與披風的男人——終焉神安納海姆。

「唔嗯，就跟迪爾弗雷德忠告的一樣啊。居然連受到斬首詛咒都能復活，看來是相當強大的不滅呢。」

我以「飛行」貼著地面浮起。

「不過，祢打算怎麼做？既然沒有了腳，祢就無法把我吞進流沙地獄裡了喔？」

「笑話。」

終焉神用力踏下沙地。下一瞬間，祂一口氣衝進我的攻擊範圍內。

「『根源死殺』。」

我將漆黑指尖刺向安納海姆的脖子。祂以左手擋下這一招，鑽進我的懷中。

「喝啊！」

吃下祂使出渾身解數的右拳，我的身體退開數公尺。那是我儘管以左手的「四界牆壁」

抵擋，仍然會讓手發麻的一擊。

「哦？祢方才保留了實力——不對，不是這樣呢。」

我一面窺看祂的深淵，一面笑了笑。

「不論是魔力還是臂力，都明顯比毀滅之前還要強大。」

我在白色沙漠上畫起魔法陣，獄炎鎖自四方出現，纏住終焉神安納海姆。雖然我想綁住祂的神體，祂卻將鎖鍊一把抓住。

「唔啊啊啊！」

安納海姆鼓起全身肌肉，狠狠拉扯抓住的炎鎖。經由力量與秩序，獄炎鎖發出「嘎吱嘎吱」的悲鳴聲，被脆弱地扯斷。

「所以是這麼一回事吧？每當迎來毀滅，終焉之神的力量就會增強。」

「自背後湧來的絕望，正是終焉喔。」

祂一舉起雙拳，白色沙暴就以祂的身體為中心捲起漩渦。

「不論怎麼苦苦掙扎，都無法逃離終焉。一切皆會平等地迎來終結，在我安納海姆的腳邊淪為一粒沙。」

祂壓低姿勢，擺出眼看著就要撲來的動作。

「一切生命都在迎來誕生之日決定終焉，因此這世上沒有任何人能逃離。」

安納海姆蹬地衝出。我以左手擋住祂伸出的右手，以右手抓住祂揮出的左手。我與祂四手交握，緊緊糾纏在一起。

「沉沒吧。」

伴隨沉重的聲音，我腳邊的沙子蠕動，化為手的形狀抓撲而來。

「流沙地獄的真面目，我早就看穿了喔。」

我以燒掉腳踝的時候，事先散布在周圍的「獄炎殲滅砲」構築魔法陣，同時間施展了「焦死燒滅燦火焚炎（abuiasutan jiara）」，讓閃耀黑炎纏繞在缺損的腳上，將抓撲而來的沙之手輕輕踢飛，就這樣將「焦死燒滅燦火焚炎」之腳踢在祂的心窩上。

「……唔呣……」

「雖說缺少了腳，難道祢以為我就踢不了人嗎？」

我以「飛行」加強力道，將閃耀黑炎之腳踏進安納海姆的神體裡。我與祂的手分開，終焉神就這樣被踏著往後退開。安納海姆留下像在沙上拖行的足跡，腹部眼看著化為灰燼。可是祂毫不在意，用雙手抓住我的腳。

「不論你怎麼無視、奔跑，終焉都常在身旁。」

祂就像要利用我的力道一樣，當場開始旋轉起來。一圈、兩圈、三圈，在加速到極限後，以要將我砸在沙地上的氣勢，把我狠狠甩出。黑炎之腳踏在白沙上，我護住身體倒下。在朝祂看去後，我發現在砍頭之際掉落的枯焉刀谷傑拉米，已經握在祂的手上。

「不論怎麼苦苦掙扎，你們所構築的都是沙上樓閣。」

令人毛骨悚然的聲音在腦中響起。那是枯焉刀谷傑拉米的嗡鳴聲。聲音迴盪，沙塵在我的周圍捲起漩渦，眨眼間有好幾座塔以沙構築起來。最後那無數的塔形成外牆，將我囚禁在內側，一座巨大的沙之樓閣構築完成。

「谷傑拉米的一聲，會使萬物崩塌、枯萎掉落。」

安納海姆將枯焉刀橫向一揮後，那把刀刃就響起令人毛骨悚然的聲響。緊接著，從我的手上「刷刷」地揚起沙粒，因為我的身體變成沙了。

「『魔黑雷帝』。」

我朝安納海姆發出漆黑閃電。樓閣才剛揚起沙塵，那就化為阻擋「魔黑雷帝」的盾牌。

「『根源母胎』。」

我在全方位圍起使用仿真根源的光之結界，將谷傑拉米的嗡鳴聲隔絕開來。當我以為身體的沙化停了下來，結界就立刻粉碎四散。

「——休想得逞。」

安納海姆一口氣縮短距離，斬斷仿真根源的結界。我一面以染成滅紫色的魔眼瞪著祂的秩序，一面將縮短的距離更加縮短。

「你打算自殺嗎，不適任者？我安納海姆的懷中是死地，是終焉本身喔。」

「還真是抱歉，不論是死地還是終焉，都是我跨越到會膩的東西呢。」

在極近距離下，我的魔眼與祂的神眼交錯。

「『焦死燒滅燦火焚炎』。」

不只雙腳，我也讓雙手染上閃耀的黑炎。終焉神不以為意地將枯焉刀筆直刺出，那把炎刃碰觸到我的胸口。能一刀毀滅根源的谷傑拉米，就在那裡停下。

就在祂將注意力集中在黑炎之手的瞬間，我以「獄炎鎖縛魔法陣」綁住祂的神體，然後就這樣一把抓住祂的脖子用力掐住。那雙神眼（眼睛）狠狠地瞪著我。

「相同的手段對我安納海姆並沒有用，你還不明白嗎？」

「獄炎鎖縛魔法陣」傳出「嘎吱嘎吱」的聲響。有如在說這不是什麼大不了的束縛一樣，祂強行扯斷了獄炎鎖。

「祢以為我會用同一招三次嗎？」

抓住安納海姆脖子的黑炎之手一旦光芒黯淡下來，就能在上頭看到黑色的項圈——

「羈束項圈夢現（nedoneriazu）」。我之所以用黑炎之手一直燒著祂的喉嚨，是為了隱藏這個魔法。

「祢就作個不再是不滅的夢吧。」

我發動「羈束項圈夢現」，同時再次施展「獄炎鎖縛魔法陣」。為了發動大魔法，獄炎鎖畫起了魔法陣。

「我是不可能會作夢的。」

終焉神毫不在意「羈束項圈夢現」發動，踏出半步將枯焉刀谷傑拉米刺向我的心臟。穿透反魔法與魔法屏障，甚至是血肉與骨頭，那把終焉炎刃就只是切開了根源。前所未有的大量魔王之血溢出，腐蝕著沙，甚至腐蝕起安納海姆被血濺到的神體。

「沙上樓閣崩塌歸無，谷傑拉米的一聲乃是終焉的遺痕。」

安納海姆吟詩般唱道：

「即使是擦傷一道，抵抗也會徒然閉幕。」

令人毛骨悚然的嗡鳴聲響起，沙之樓閣劇烈撼動。周圍的塔全都失去形體，就像要恢復成一般的沙，一齊開始崩塌。

「埋沒枯焉——終刀谷傑拉米。」

能腐蝕萬物的魔王之血，經由谷傑拉米的刀刃，眼看著化為沙塵。血止住了。安納海姆像在品評似的瞪著我。

「血會枯竭，沉沒的是不適任者。」

紅白閃耀的炎刃，一口氣刺進了我的根源。

「即使是毀滅的根源，在終焉之前也是一粒沙。在此刀面前，不存在無法終結之物。」

「哦？那麼這就是第一個了。」

在我抬頭朝祂咧嘴一笑後，祂露出驚愕之情。

「……什麼……」

安納海姆像是忘記怎麼說話，只是一直看著笑著的我。

「……怎麼……會……」

祂將刺進我體內的枯焉刀，更加用力地扭進。儘管我的嘴邊滴落一點血，感到狼狽的卻是刺人的祂。

「……怎麼會……！怎麼會有……這種……事……？」

彷彿看到難以置信的事物一般，祂瑟瑟發抖起來。

「你……你早就終結了！谷傑拉米沒有傳來手感，這個根源早就迎來終焉了……！」

安納海姆將谷傑拉米更加用力地刺進我的體內。縱然口吐鮮血，我依舊咧嘴笑著。

「……為什麼……你在笑……終結的生命……在我安納海姆面前，終焉居然在笑……？我在作夢嗎……」

「咯哈哈，祢不是不會作夢嗎，安納海姆？祢果然只是個笨蛋啊。祢就更加地用神眼(眼睛)凝視，窺看深淵吧。」

我挑釁似的說：

「祢看著的，並非我的根源，而是虛無不是嗎？」

安納海姆吃驚地拔出枯焉刀谷傑拉米。刀身前端出現缺損，彷彿被虛無吞噬了一樣。

「格雷哈姆的根——」

搶在安納海姆退開之前，我將「焦死燒滅燦火焚炎」的指尖扭進祂的腹部。終焉神口吐鮮血。

「枯焉刀擦傷一道，就能斬斷根源。假如無法以仿真根源為盾擋下，只要準備更堅固的盾牌就好。很偶然地，我的根源之中存在相當難以毀滅的虛無呢。我就把那個拿來用了。」

我以納入根源內側、格雷哈姆的虛無根源為盾，擋下了谷傑拉米。雖然它號稱擦傷一道就能導向終焉，虛無卻不可能會受傷。

「看來祢無法讓不存在的事物終結呢，終焉神。」

我將「根源死殺」疊在「焦死燒滅燦火焚炎」上，連同安納海姆的根源一起貫穿神體。

「……呃、呼……嘎、哈啊啊啊……」

「這次輪到我了。終結之神的生命，會來到這片枯焉沙漠。據說祢因此不會迎來終結，但要是這個神界本身毀滅，情況又會如何？」

我畫出的多重魔法陣化為砲塔，瞄準了枯焉沙漠的上空。漆黑粒子纏繞上去，描繪出七重螺旋。終焉神的臉色發白。

「……這是暴行……！要是……這麼做……」

「世界不需要終結。」

我無視祂說：

「『極獄界滅灰燼魔砲（egiru gurone angudoroa）』。」

聽到這句話，安納海姆倒抽一口氣。祂帶著緊張的神情直直注視著我，只能等待終結的到來。

「咯、咯咯咯咯，咯哈哈哈哈哈！」

我將安納海姆的緊張表情一笑置之後說：

「原諒我吧，這是一點小玩笑。終焉有時也是救贖。假如沒有終結，有人或許就會受到永劫的痛苦。」

我沒拔出貫穿安納海姆神體的手，而是用另一隻手抓住祂的臉。

「總而言之，只要在不至於終結的程度下狠狠教訓祢一頓就好了吧？」

我在手上猛然使力後，祂的身體就化為沙，「刷刷」地落到正下方。

「祢要先看一下腳邊。」

在沙子落下的位置上，放著一副闇棺。那是用我方才事先構築的「獄炎鎖縛魔法陣」，構成好的「永劫死殺闇棺」。我以「極獄界滅灰燼魔砲」的威脅分散注意力，讓祂沒能注意到這個魔法。當層層疊起的安納海姆之沙要逃離「永劫死殺闇棺」的瞬間，最後落下的詛咒項圈——「羈束項圈夢現」就打掉這些沙，黑暗粒子畫出十字。

沙粒就算想爬到外頭，也會被覆蓋在棺材上的魔法屏障擋下而無法離開，於是祂再度恢復成神體。儘管安納海姆使盡全力敲打魔法屏障，既然已進到「永劫死殺闇棺」之中，就不太能以空手破壞。話雖如此，祂最大的武器谷傑拉米只能斬斷根源。

「這是以遺體的魔力為能量，永遠持續死亡的闇棺。只要祢的魔力沒耗盡，死亡就不會結束。好啦，在這片枯焉沙漠上，祢的魔力會有耗盡的一天嗎？」

只要持續著死亡，祂就不會毀滅；而要是沒有毀滅，祂就無法復活。

「你這傢伙……你這傢伙，居然讓我終焉神安納海姆受到這種屈辱……！你說這是不會結束的死亡……？這是什麼蠢話！給我記住，該死的不適任者……！等我離開這裡，我會讓你知道你的生命，還有你所建立的事物，全部終究只是沙上樓閣……！」

「這我早已明白了，安納海姆。」

在我指向祂、注入魔力後，放進棺材裡的「羈束項圈夢現」就纏繞在祂的脖子上。

只要跟「永劫死殺闇棺」並用，祂就無從抵抗。

「正因為如此，才會珍貴；正因為如此，才要守護。眾人建立的這座沙城，絕對不能讓它崩塌呢。」

魔力的十字線擴大，棺材蓋被關上了。

§ 11 【轉變神】

無數枝葉層層相疊的球狀天空——樹冠天球。

誕生神溫澤爾搭著翠綠之風飛到此處。我經由艾蓮歐諾露與祂連上「魔王軍（gaizu）」的魔法線，因此能經由祂的神眼（眼睛）與祂共享視野。我施展「意念通訊」向祂說：

『終焉神被我抓住了。這樣要警戒的，就只剩下那個叫淘汰神羅姆艾奴的傢伙了。』

只不過，或許也能認為扮演淘汰神的就是安納海姆。如果是這樣，這下就能保證勞澤爾的生命安全了吧。

「感謝。不過話說回來，居然能在枯焉沙漠讓安納海姆無法動彈，你真的每次都讓我感到驚訝不已呢，魔王阿諾斯。」

在溫澤爾的視野遠方，能看到巨大的鳥巢。那是開花神勞澤爾的神域。花看起來沒有枯萎，讓祂鬆了一口氣。

就在這時，視野突然晃了一下且反轉。火露之風突然紊亂，下一瞬間翠綠氣流就像要拋開溫澤爾的身體一樣忽然散去，讓祂上下顛倒地在天空墜落。

「這是……？」

即使一臉凝重，溫澤爾還是拿起纏在自己身上的一塊布。要將布解開似的把手甩出後，神布就筆直伸長，纏在附近的樹枝上。誕生神就像鐘擺一樣地在空中擺盪，跳到另一根樹枝上。

「哎呀哎呀，好久不見了不是嗎～溫澤爾。大約過了兩、三千年吧？」

樹冠天球的天空吹起翠綠之風，有個如吟遊詩人般的男子搭乘那道風出現在溫澤爾面前。祂戴著附有羽毛的帽子，手上拿著長笛，其表情與舉止散發出一種難以捉摸的輕佻感。

「這麼急要去哪裡啊？」

與祂完全相反，溫澤爾以靜謐的語調回覆：

「要去開花神勞澤爾那邊。蓋堤納羅斯，如果是支配樹冠天球的祢，我想應該早有耳聞，有一位自稱淘汰神羅姆艾奴的神在襲擊我們神族。祂也是被盯上的一位。」

「啊啊，原來是那件事啊～」

祂輕佻地點了點頭。這個男人就是轉變神蓋堤納羅斯嗎？是位跟靜謐與威嚴完全扯不上邊的神呢。說出的話語也總覺得很輕佻，往往有種如風一般不知要飛往何處的印象。

「祢知道些什麼嗎？」

「啊啊，我非～常清楚喲，溫澤爾。」

轉變神輕輕甩動長笛。翠綠之風吹進長笛裡，演奏起牧歌般的曲調。

「因為淘汰神就是我呢。」

溫澤爾臉上滿是震驚。

「才怪～騙祢的啦。祢不需要這麼驚訝吧？」

「蓋堤納羅斯，我現在沒空理會祢的謊言。」

「或許是這樣沒錯。畢竟……」

蓋堤納羅斯演奏的曲調，瞬間轉調為激烈且危機逼近的曲調。

「淘汰神就是祢生出來的。」

溫澤爾再度瞪圓了眼。然後，祂立刻搖了搖頭。

「……祢在說什麼啊？我這兩千年間都遠離達‧庫‧卡達德，待在蒼穹的夾縫——芽宮神都裡頭。祢也知道這一點吧？」

「嗯，我知道喲。不過，也有一件怪事呢。」

蓋堤納羅斯坐在翠綠之風上。祂一面以旋轉的指尖操控著風，一面讓風穿過笛子，再次演奏起牧歌般的曲調。

「在誕生神溫澤爾離開後，淘汰神羅姆艾奴就出現，開始殺害起眾神。在這個樹冠天球裡，能瞞過我的風做出這種事的神，就只有一位喲？」

就以懷疑來說，言詞還是一樣輕佻。祂以恐怕不帶感情的輕薄語調說：

「誕生會超越轉變——死腦筋的迪爾弗雷德是這麼說的吧？也就是說，能在這裡為非作歹的神，就只有溫澤爾了喲。」

「可是，我——」

「祢想說祢才剛回來吧？的確，祢並不在達‧庫‧卡達德裡。」

蓋堤納羅斯露出難以捉摸的微笑。

「就像要證明這不是自己做的一樣呢。」

「……祢在懷疑我嗎？」

「沒錯喲～因為祢是那個腦子怪怪的創造神的朋友不是嗎？太過關照人，而輕忽了秩序。該怎麼說好呢，米里狄亞那位神？幾億年來一直在煩惱這種事。要是討厭的話，一開始就創造得再好一點不就好了。」

蓋堤納羅斯以毫無惡意的語調輕佻地說：

「哎～雖然我覺得無所謂啦。問題在於，能生出淘汰神羅姆艾奴這種東西的，除了掌管誕生的祢之外，別無其他喲。」

「這是誤會，蓋堤納羅斯。我不會做出這種事——」

「還很難講吧？即使祢不在，我也看不到大樹母海的深淵。就算要我找出證據，我也找不到啊。然而最近，總覺得風不太對勁。」

「……不太對勁是指？」

「天知道呢～我認為，難道不是在祢的大樹母海那邊發生了什麼事嗎？像是有火露沒有好好變成水之類的？祢知道嗎，火露的流量正在減少的事？」

溫澤爾點了點頭。

「我在想，這難道不是祢偷走的嗎？一點一點地偷走，利用火露生出淘汰神羅姆艾奴。然後到了現在，循環的火露數量終於減少到能一眼看出的程度。」

轉變神以指尖彈著笛子。

「祢這次打算生出什麼來呢，溫澤爾？」

「……祢說是我襲擊了勞澤爾祂們？我為什麼要做這種事？」

「誰知道啊～」

蓋堤納羅斯這麼說，令溫澤爾倒抽一口氣。

「我不可能知道啊。因為就是這樣不是嗎？祢說不定是為了地上的人們，也說不定是為了除此之外的理由。但不論如何，假如神不以秩序來判斷、思考，正常的神怎麼樣都無法理解啊。因為祢瘋了。就跟創造神一樣。」

「我不認為擁有人心是瘋了。祢總有一天也一定會明白——」

「我在等著啊。」

蓋堤納羅斯在火露之風上站起。

「在來到這個樹冠天球後，祢直接前往了開花神勞澤爾那裡。因為很在意不是嗎～？像是有沒有好好將祂們抹殺掉之類的～」

祂噗嗤一笑。

「——淘汰神與誕生神相關的證據，有沒有好好消除掉。」

「這是欲加之罪，轉變神。我如果要殺害勞澤爾，理應不會帶安妮斯歐娜過去。多虧了她，讓勞澤爾撿回一條命。」

「也是呢～說不定是這樣呢。所以，我又再等了一次。被調皮的安納海姆追逐，妳們逃進了大樹母海裡。在將安納海姆擊退之後，我就在等祢到底會怎麼做？」

蓋堤納羅斯一面輕快地揮舞笛子，一面演奏曲調。

「如果祢帶著魔王的部下過來，祢就沒有加害勞澤爾的意圖。因為她們肯定會妨礙祢嘛。可是，如果祢獨自過來，那就肯定是來消滅證據的。也就是封口喲～」

笛聲戛然而止，蓋堤納羅斯指向誕生神。

「真～遺憾呢。祢獨自過來了。」

翠綠之風吹起。眼看著風被吸入笛子裡後，樹冠天球裡就演奏起巨大的樂聲。

「如果要說謊，就要說得再高明一點啊，溫澤爾。要像我一樣呢。」

「蓋堤納羅斯，不是的。」

「祢在打什麼主意呢？不論是巴結不適任者，還是把安妮斯歐娜帶來，全都是要讓人以為，這並非祢所為，而是他們所做的不是嗎？也就是說，祢利用了不適任者他們～」

安穩的曲調激烈轉調。彷彿戰爭進行曲般讓人慷慨激昂的曲調，在樹冠天球裡響徹開來。在這瞬間，雷鳴轟響，風化為蒼綠閃電。

「請等等，蓋堤納羅斯。我們再好好談談吧。」

「我討厭談無聊的事。比起這個，來唱歌吧。」

轉變神噗嗤一笑。此時風吹起，從祂身上溢出魔力之風。

「歌唱吧。詠唱吧。啊啊，謳唱吧。宛如風一般，有時彷彿晴天霹靂。轉變神笛伊迪多羅艾德。」

伴隨著雷鳴，天球全域被雷電所籠罩。不論上下左右，溫澤爾皆無處可逃。

「天空陰晴不定，宛若人心。」

伴隨轉變神有如歌唱般的話語，無數的蒼綠閃電自四面八方襲向溫澤爾。無法飛行，站在樹枝上的祂無處可逃。不過——

「起始的一滴，終將化為池塘，形成萬物之母的大海吧。我溫柔的孩子，請醒來吧。誕生命盾阿芙羅海倫。」

在紺碧之盾閃耀的瞬間，閃電化為蝴蝶。誕生會超越轉變，誕生神從蓋堤納羅斯的秩序中誕生了生命。

「祢是贏不了我的。」

「也是呢～可是這裡是樹冠天球，是我的神域。」

蓋堤納羅斯將轉變神笛伊迪多羅艾德湊到嘴邊，輕輕吹氣。曲子再度轉調，天空轉變。伸手不見五指的黑夜，降臨樹冠天球——

§ 12　【火露的去向】

「嗯～？」

大樹母海。在聳立於大海上的巨大樹木樹洞裡，艾蓮歐諾露忽然抬頭。她站起身，凝視起上空。

「總覺得天空是不是變暗了啊？」

大概是轉變神蓋堤納羅斯的權能使得樹冠天球迎來夜晚的關係吧，鄰接的大樹母海也變得天色昏暗。

『艾蓮歐諾露。』

對於我的「意念通訊」，她做出豎耳傾聽的動作。

『據方才轉變神蓋堤納羅斯所言，火露在大樹母海裡被偷走了。』

艾蓮歐諾露一臉困惑地歪著頭，豎起了食指。

「可是，這裡可是溫澤爾的神域喔？誕生神不是米夏妹妹的老朋友嗎？」

『這或許有某種內情。溫澤爾也長年不在大樹母海，即使是祂的神域，如果是趁祂不在之時，其他神族要在那裡施展權能也不是不可能的事。』

「啊～這樣啊、這樣啊。有人趁溫澤爾不在時，在這裡做了壞事啊。」

「……惡作劇……不好……！」

潔西雅站起身，加入「意念通訊」之中。

『假如什麼都沒有，那很好。不過，必須去搜索一遍。』

「知道了喔。」

「要去搜索哪裡？」

安妮斯歐娜輕輕拍打頭上的翅膀。

『蓋堤納羅斯說過風不太對勁，首先就搜索天空吧。轉變為水之前的火露之風上，說不定帶有提示。』

「我……知道了……！」

潔西雅很有精神地回話，與安妮斯歐娜牽起手來。她就像要把她的手不斷高舉地說：

「要加油、加油……再加油地……去找……！」

兩人輕輕跳出大樹的樹洞，以「飛行」升空飛去。

「不行啦，不能太過擅自一個人先走喔。要是又有像纏頭巾的神一樣厲害的傢伙跑出來，那可就糟了。」

「這次會……反打回去……喲……！讓祂們見識一下……我們認真的樣子……！」

潔西雅勇猛地說道，艾蓮歐諾露傷腦筋似的露出苦笑。

「那個，方才很普通地認真起來了喔……妳看嘛，畢竟潔西雅還在成長期，我本來也不適合戰鬥。而安妮妹妹也一樣。」

「可是，艾蓮歐諾露。安妮斯歐娜曾經想過喲？」

她豎起頭上的翅膀說：

「只要能再更巧妙一點地運用『根源降世』的魔法，應該就能成為潔姊姊與艾蓮歐諾露的助力。」

「嗯～……這是什麼意思啊？『根源降世』不是讓新生命誕生的魔法嗎？」

艾蓮歐諾露一臉疑惑地問。

「嗯，能生出不受秩序束縛的新生命。就像這個達・庫・卡達德所展示的一樣，火露的流量是固定的，世界的生命上限也是固定的。所以能以『根源母胎』產生的仿真根源，上限也是固定的。」

潔西雅一面擺出無法理解的表情，一面點了點頭。

「但是『根源降世』不會受到這個秩序束縛，應該能無視世界的生命上限喲？」

「啊～這樣啊、這樣啊。如此一來，就能以『根源母胎』產生出更多──」

艾蓮歐諾露說到這裡時停住，像是再次感到疑問般地抬起視線。

「……嗯～？這樣是不是有哪裡不太對勁啊？」

以「根源母胎」的魔法創造仿真根源，將心轉換成魔力。再以產生的魔力施展「根源母胎」，創造出仿真根源。在如此反覆之後，艾蓮歐諾露能將以「聖域」收集到的魔力提升到最大極限，所能產生的仿真根源卻有上限。然而，要是能解除那個上限──

「是不是能以『聖域』與『根源母胎』產生出無限的魔力啊……？」

「我想大概就是這樣！因為安妮斯歐娜可是魔王的魔法秩序！」

接著，潔西雅莫名得意地挺起胸膛。

「魔王的魔力，是暴虐的暴。暴虐的暴，是無限的暴。」

「潔西雅，無限沒有暴這個音喔！」

艾蓮歐諾露稍微吐槽後，豎起指尖。

「不過要是這樣，早知道就別交給阿諾斯弟弟，自己把那個纏頭巾打飛就好了喔。」

『唔嗯，不能太過輕易使用這一招。』

對於我這句話，艾蓮歐諾露歪頭不解。

「為什麼啊？」

『力量越是強大，就越難控制。假設產生了無限的魔力，也沒有能承納那種魔力的容器。妳試想控制我的力量一下。』

「……啊～……會毀滅喔……」

『所以就維持在妳能掌控的範圍內。最多應該是以十萬仿真根源為限度吧。假如妳有想賭命保護的事物，那就另當別論了。』

「嘻嘻，我才不會賭什麼命喔。我可是有魔王大人跟著呢！」

一朵大雲逼近到艾蓮歐諾露她們眼前。突破那朵雲，她們來到大樹母海的遙遠上空。

「嗯～？有哪裡不對勁嗎？」

三人以魔眼（眼睛）定睛凝視那片天空。

「在那裡！」

安妮斯歐娜再次飛往上空，伸手指著。

「能看見光喲。」

那裡是大樹母海與樹冠天球的天空交界處。由於樹冠天球迎來夜晚，能在邊界的一部分天空看到微微閃光。

「……是……極光……！」

潔西雅說。

「是風變成了極光嗎……？」

艾蓮歐諾露將魔眼望向那道極光。不過在這種距離下，終究看不清楚的樣子。

「去看看吧。」

三人以微微發光的極光為目標飛去。越是接近那裡，「飛行」就變得越不穩定，眼看就要墜落的樣子。大概是因為接近樹冠天球吧，儘管還差一點就能抵達極光，卻沒辦法再提升高度。

「……無法……靠近……」

「要怎麼做？從下面的樹上伸起長長的梯子如何？」

艾蓮歐諾露回頭望向遙遠的海面，黑髮輕盈地飄了起來。

「啊……！」

安妮斯歐娜叫了一聲。

「有風吹來了！」

「……明明沒有聲音……是從哪裡呢……？」

她尋找風勢強勁的位置，在附近一帶飛來飛去。緊接著，她的長髮冷不防地被往上吹亂，有強烈的上升氣流。

「哇～喔，風很強喔！」

「快抓住安妮斯歐娜。」

艾蓮歐諾露與潔西雅照她說的握住安妮斯歐娜的手，少女背上的翅膀大大展開。翅膀承受上升風力，一口氣飛了上去。超越無法施展「飛行」的空域，眼看極光越來越近。下一瞬間，眼前的景色突然改變。方才還只不過是微微閃光，可是在踏入光裡後，那道光彩就突然變得鮮明。那裡是彷彿以極光構成的神殿內部。

「腳要落地嘍。」

安妮斯歐娜在極光地上小碎步走著。潔西雅儘管在上頭蹦蹦跳跳，地面依舊文風不動。

「加油、加油，再加油地去找……成功了……！」

潔西雅與安妮斯歐娜手牽著手，兩人一蹦一跳地跳起舞來。

「不行啦，要高興還太早了喔。再說還不知道這裡有什麼東西。」

艾蓮歐諾露一面這麼說，一面帶頭前進。在通過轉角後，立刻就來到一個開闊的場所。那裡是個以房間來說太過廣大的極光空間。看到位在裡頭的東西，艾蓮歐諾露忍不住發出「啊」的一聲。

「……這是……！」

就像要塞滿整個空間一樣，飄浮著無數的聖水球。裝在裡頭的，分別是劍兵神加姆岡德、槍兵神修尼魯德、弓兵神艾米修烏斯，以及術兵神多爾佐克。

「……是神的軍隊喔……！」

祂們是軍神佩爾佩德羅率領的神的士兵。艾蓮歐諾露小心翼翼窺看著神殿與聖水球的深淵。於是，她看出火露之風是流入這裡，進到聖水球之中。以火露為能量，在裡頭陸陸續續

誕生的眾神士兵，大略看來早已不下於一萬名，而且還在持續增加的樣子。

「姊姊、艾蓮歐諾露，快看那個！」

安妮斯歐娜指著神殿深處的巨大門扉。

「那是神門。」

是為了從眾神的蒼穹降臨到地上的單向門。如果這會和生產士兵的魔法一起出現在這裡，那麼所能想到的事情只有一件。

那就是奪走火露的某人，正在這裡進行侵略地上的準備。

§13 【向地上逼近的影子】

艾蓮歐諾露看向聖水球裡的眾神。

「總之，就在祂們能動之前全部毀滅掉吧。」

潔西雅與安妮斯歐娜大大點了點頭。

「了解……」

「安妮斯歐娜也會努力喲！」

假如神的軍隊降臨到地上，事態說不定會變得很棘手。姑且不論是對上我的部下們，要是無法戰鬥的人們被襲擊，損害將會非常嚴重，最好現在就在這裡毀滅掉。

「妳們是無法毀滅我等神的軍隊的。」

極光神殿裡迴蕩著低沉的聲音。艾蓮歐諾露轉過頭去，以魔眼(眼睛)看向一顆聖水球。裝在裡頭的，是穿著赤銅色全身鎧甲的神。全罩式頭盔底下亮起一道視線瞪向她們，那是理應在地上毀滅的軍神佩爾佩德羅。

「戰火乃是天理。直到地上化為焦土為止，我等都會永無止境地誕生。即使毀滅也非全滅，是故常勝無敗。」

包覆住佩爾佩德羅的聖水球，猛然溢出大量的水。雙腳落在極光地面上的軍神舉高手，而光在上頭聚集了起來。

「相較於天父神沒能成功產出、身為失敗作品的妳們，祂們是似是而非的存在。」

艾蓮歐諾露嚇了一跳，注視起周圍。注入火露之力、以聖水球生出的神的軍隊，種類雖然有好幾種，祂們幾乎是相同的個體。更正確來說，是非常相似的不同存在。

「……這樣啊。祢們神的軍隊，與潔西雅一樣是複製根源啊……」

艾蓮歐諾露悲傷地說。

「正是。過去妳所維持的失敗秩序，由我們承擔起來了。毀滅魔族、毀滅人類，以及毀滅龍人，讓戰火之花在世界上盛開吧。」

軍神佩爾佩德羅的手中握著綻放赤銅光輝的神劍。

「醒來吧，無敗的軍隊；開啟吧，神門。進軍之時已然到來！」

佩爾佩德羅緩緩揮下神劍。赤銅光芒在整個極光神殿上畫起魔法陣，接著，聖水球接二連三開始破裂。超過一萬的神的軍隊眼看著一一醒來，神殿深處的神門緩緩開啟。這道門後應該會通往地上吧。

「別想得逞喔！」

艾蓮歐諾露朝神的軍隊發射「聖域熾光砲」。只不過，光之砲彈一侵入祂們的結界，就全都化為石頭了。那是術兵神多爾佐克的魔法。

「這是……『複製魔法鏡』……！」

潔西雅衝出，以「複製魔法鏡」讓焉哈雷無數地增加，以總計一千把的劍刃砍向神的軍隊。原以為她一口氣擊潰了，卻只有一位倒下。她們早已被一萬名士兵包圍，而那些士兵所擺出的陣形，構築出閃耀著赤銅光芒的魔法陣——「攻圍秩序法陣(arunesuto)」。

作為軍神佩爾佩德羅秩序的那個陣形魔法陣，能使兵法更為強化，以多制少。在那個秩序之前，個人的力量會變得極為有限。

「與終究是不完整人類的紀律人偶不同，我等乃是秩序本身。區區的人偶與壞掉的魔法秩序，是不可能敵得過存在於上位的神的軍隊。這正是戰爭的秩序。」

軍靴聲「唰」的一聲響起，劍兵神加姆岡德與槍兵神修尼魯德向前走出。潔西雅大幅後退，與艾蓮歐諾露背靠著背。她們完全被包圍了。

「別期待會有慈悲。與妳們這些失敗作品不同，身為神的我們沒有人心，只會忠實地實行秩序。」

軍神佩爾佩德羅發出命令：

「發射。」

弓兵神艾米修烏斯以巨大神弓射出箭矢，艾蓮歐諾露構築的「四屬結界封」被這些箭矢相繼刺穿。在「攻圍秩序法陣」的影響下，就連那道結界也無法充分發揮力量，一下子就被突破了。

舉起武器的士兵們毫不留情地前進。潔西雅在以光之聖劍將劍兵神打飛後，槍兵神就從後方刺出了長槍。

「潔西雅！」

艾蓮歐諾露以身為盾，被六把長槍貫穿腹部，鮮血「咕嘟咕嘟」地流下。槍兵神們以整齊劃一的動作豎起長槍，身體遭到刺穿的艾蓮歐諾露就這樣被舉了起來。

「接著輪到妳了，失敗的紀律人偶。」

劍兵神小隊以手上的神劍斬去，趁著封住焉哈雷的間隙，槍兵神朝潔西雅的身體刺出神槍。尖銳聲響徹開來，那把槍被一道耀眼光芒擋下。

「潔西雅可是我自豪的孩子喔。要是擅自將她當成失敗品，我可不會原諒祢們。」

艾蓮歐諾露的周圍飄起魔法文字，同時溢出聖水。擋下長槍的那道光，是以「根源母胎」創造的仿真根源魔法屏障。多數占優勢的「攻圍秩序法陣」——神的軍隊是複製根源，其士兵會被算成一人，既然如此，艾蓮歐諾露認為仿真根源應該會被算成三分之一人。而她的推測是對的。

「要上嘍，安妮妹妹！」

「嗯！」

安妮斯歐娜展翅飛起。艾蓮歐諾露以仿真根源封住神槍，從體內拔出。然後，她的下腹部與安妮斯歐娜的肚臍就互相伸出魔法線，靜靜地連結起來。

「集中砲火，發射。」

在佩爾佩德羅的號令之下，術兵神多爾佐克一齊射出「獄炎殲滅砲」，弓兵神艾米修烏斯射出神矢。漆黑太陽與光矢有如怒濤一般，朝著艾蓮歐諾露與安妮斯歐娜一湧而去。與此同時，劍兵神與槍兵神也襲向潔西雅。

「『根源母胎』、『四屬結界封』。」

艾蓮歐諾露同時在身旁圍起仿真根源的魔法屏障與「四屬結界封」，保護著自己、潔西雅，以及安妮斯歐娜。然後，她全身散發出閃閃發光的魔力。

「『根源降世母胎（安妮斯歐娜・艾蓮歐諾露）』。」

安妮斯歐娜在配合艾蓮歐諾露的聲音敞開雙手後，魔法陣就在那裡出現，一萬零二十二隻白鸛從中心飛上神殿的天花板。

魔力經由魔法線從艾蓮歐諾露身上傳給安妮斯歐娜。安妮斯歐娜的身體閃耀起來，背上的翅膀一口氣伸長，達到身高的十倍左右。

她是第一萬零二十三隻白鸛，是在這個世界的秩序之中，理應不存在的魔王的魔法（安妮斯歐娜）。也就是說，這是以「根源母胎」產生的仿真根源，上限已經解除的證明。

「要上嘍——！」

艾蓮歐諾露在送出魔力後，安妮斯歐娜就拍打起背上的翅膀。翩翩飄落的白鸛羽毛，是發出淡淡光芒的仿真根源。艾蓮歐諾露以「聖域」將仿真根源的心轉換成魔力，再次對安妮斯歐娜送出魔力。

送出的魔力變成仿真根源的羽毛，產生出心。一而再、再而三重複，使得艾蓮歐諾露的魔力無止境地膨脹開來。

「『聖體鍊成（erioru）』。」

飄浮在艾蓮歐諾露周圍的魔法文字，就像展翅般覆蓋起整個室內。聖水從中溢出，化為球形。那是一千顆聖水球，過去生下潔西雅的魔法之一，用來構築複製根源肉體的容器。

白鸛的羽毛陸續飄落進那些聖水球裡。於是，聖水球開始化為人形。她們是外貌酷似潔西雅、頭髮比她長一點，但左右兩邊頭髮不對稱的少女們。

「這就是我們的壓箱寶，『仿真紀律人偶（吉娜莉娜）』喔！雖然是剛剛才想到的！」

一千具聖水的魔法人偶，「仿真紀律人偶」誕生。這是對一個聖水球使用一百個仿真根源，創造出能服從簡單命令的無生命人偶。這是要將十萬個仿真根源以「聖域」轉換成魔力，才有辦法施展的魔法，發揮出超越秩序之力的艾蓮歐諾露，身體會受到很大的負擔吧。她禁不起長時間的戰鬥。

「全軍前進。神的兵法乃是不敗的。」

在軍神佩爾佩德羅的命令下，神的軍隊一齊湧來。經由術兵神的魔法砲擊，爆炸火焰紛飛，擾亂著視野。

「這邊也要衝喔。去擊潰祂們吧，『仿真紀律人偶』！」

相對於布下完美秩序陣形的神的軍隊，艾蓮歐諾露的「仿真紀律人偶」則不帶秩序地分頭攻擊，一下子就陷入了混戰狀態。

聖水劍打掉神劍，輕而易舉地斬殺了神。雖然「仿真紀律人偶」沒有生命，卻擁有一百個仿真根源，相當於三十三個根源。在魔法人偶不帶秩序的衝鋒之下，神的軍隊被接二連三地砍倒，落於守勢。

「……怎麼會……！身為上位存在的我等……竟被區區偽造的紀律人偶……！」

「要我代替阿諾斯弟弟，傳授祢新的兵法嗎？」

艾蓮歐諾露一面讓「仿真紀律人偶」衝鋒，一面豎起食指。

「好孩子會贏過壞孩子喔！」

「……也就是說……潔西雅與安妮……是不敗的勇者……！」

潔西雅也混在「仿真紀律人偶」之中一起衝鋒。

「吉娜們……莉娜們……跟著姊姊……前進……！」

對擁有以多制少秩序的軍神佩爾佩德羅來說，「仿真紀律人偶」簡直就是祂的天敵。因為她們一千具就有一萬名神的軍隊三倍以上的戰力。

「迎擊！將一具人偶算成三十三人，加以包圍吧。我等乃是神的軍隊，展現不敗兵法的時刻到了！」

神的軍隊以整齊劃一的指揮布下堪稱完美的陣形，盡可能以多數圍攻「仿真紀律人

偶」。可是要一直以三十四名以上的人數圍攻一具人偶，到底還是很困難。神的士兵們逐一遭到不帶秩序攻來的「仿真紀律人偶」打倒，在眨眼間沉寂下來。

大約經過十分鐘，幾乎大勢已定時——

「艾蓮歐諾露，神的軍隊數量變少，也許是藏到哪裡去了？」

「……佩爾佩德羅……不見了……」

安妮斯歐娜與潔西雅說。在擊潰將近半數的士兵、魔法砲擊的爆炸火焰也平息下來後，本來應該在前線指揮神的軍隊的佩爾佩德羅消失無蹤了。

「這是佯動。」

聲音從神殿的深處傳來。

「我等早已開始向地上進軍了。」

再次現身的佩爾佩德羅站在神門之前。神的軍隊們一看敵不過「仿真紀律人偶」，就一面引開她們的注意力，一面派分隊穿過神門了。

「……難怪覺得有點太好對付了喔……」

「仿真紀律人偶」們將剩下的軍隊們斬殺，眾神的士兵癱倒下來。此時在場能動的神，只剩下軍神佩爾佩德羅。

「只有神族能通過神門。妳們毫無辦法向地上傳達危機。」

「明明是軍神卻落荒而逃，樣子很難看喔。」

「神的軍隊沒有撤退二字。此乃進軍！妳們輸了戰爭。」

儘管艾蓮歐諾露發出「聖域熾光砲」，佩爾佩德羅早在這之前就進到神門之中。

「不論妳們怎麼抵抗，在秩序之前都是徒勞。妳們將會喪失歸宿。」

軍神留下這句話，便消失無蹤了。

艾蓮歐諾露她們立刻跑到神殿深處的巨大神門前。

「……一片白……什麼都看不見……」

「……嗯～雖然是佩爾佩德羅說的，不過不是神族就過不去吧……真傷腦筋喔……」

潔西雅與艾蓮歐諾露說。緊接著，安妮斯歐娜向前走去，輕輕拍打頭上的翅膀。

「安妮斯歐娜看得見喲？」

「真的嗎，安妮妹妹？妳能看到什麼？知道那些傢伙跑到哪裡去了嗎？」

安妮斯歐娜一面努力用魔眼（眼睛）凝視，一面窺看神門的後方。

「我傳到魔法線上。」

「……潔西雅……也想看……」

艾蓮歐諾露將安妮斯歐娜傳來的視野，直接作為影像在魔法陣上顯示給潔西雅看。那是地上的景象。會是夜晚嗎？周圍的天色很暗。影像顯示的風景是亞傑希翁，能看見蓋拉帝提的城市街景。城裡的人們一臉驚訝地仰望天空，緊接著世界就像晝夜反轉一樣取回光明。

「這個該不會是……！」

艾蓮歐諾露很吃驚似的倒抽一口氣。

「安妮妹妹，妳看得見天空嗎……？」

魔法陣上顯示出天空，一道太陽之影將那裡染成不祥的色彩。散發漆黑粒子的那道影子，竟是破壞神阿貝魯猊攸的權能——「破滅太陽」莎潔盧多納貝。

§ 14 【日蝕】

「阿諾斯弟弟，還有莎夏妹妹！你們看得到這個嗎？總覺得事情變得非常不得了喔！」

艾蓮歐諾露經由「魔王軍」的魔法線呼喚我們。為了讓莎夏也能明白狀況，我先將魔法陣的影像傳送了過去。

『……騙人……』

我立刻就經由「意念通訊」聽到莎夏的聲音。

『好啦，雖然是經由安妮斯歐娜的魔眼，而且無法分辨清楚神門對面的狀況，但那是贗品的可能性是？』

在我這麼問完，她忍不住倒抽一口氣。

『……很遺憾，那不是贗品喔。那是我——破壞神阿貝魯猊攸的權能，「破滅太陽」莎潔盧多納貝喔……』

「破滅太陽」在地上的天空浮現。這是奪走德魯佐蓋多之人做的吧，其目的很顯而易見。那顆太陽本來就不具備破壞以外的秩序，在我們的注視之下，那道太陽之影變得越來越深，開始將天空染成不祥的色彩。

『……要完全顯現了……』

就在莎夏這麼說之後，巨大的球狀影子反轉，闇色太陽在那裡現身。然而，毀滅之光沒有立刻發出，太陽的一部分——右側稍微缺損了。

『是「創造之月」。』

經由「意念通訊」，這次是米夏說。

『月亮與太陽重疊了。』

『也就是說，「破滅太陽」與「創造之月」引發了日蝕嗎？』

『應該是。』

『……這樣會發生什麼事？』

莎夏問。

『至今所擁有的記憶裡沒有關於這個的記憶……但亞蒂艾路托諾亞的月全蝕，是為了重新創造世界而存在的……』

我十分清楚米夏想說的事。創造神與破壞神，當雙方的權能重疊時，亞蒂艾路托諾亞的力量就會獲得解放。這點對莎潔盧多納貝來說應該也一樣吧。

『唔嗯，那麼莎潔盧多納貝的日全蝕，也就會有完全相反的力量吧。』

『這種事……』

莎夏忍不住發出不安的聲音。「破滅太陽」是破壞的秩序，相較於創造這個世界的創造

神，屬於相反的力量。其最大的權能，就算完全結束掉這個世界也不足為奇。

『看來這似乎就是奪走德魯佐蓋多與艾貝拉斯特安傑塔之人的目的了呢。』

只不過，就算要燒燬地上，這也是太過強大的力量。如果只是要毀滅魔族與人類，以往的「破滅太陽」應該就足夠了。既然如此，這是為了逼迫我的手段嗎？還是說，就跟神族們說過的一樣——正因為至今被我壓制下來的破壞秩序，已經積累到足以毀滅世界的程度，才會發生這種事嗎？

『雖說軍神佩爾佩德羅要為地上帶來戰火，還真是給我做了比想像中還要狂妄的事。』

「既然顯現在蓋拉帝提的天空上，那麼目標會是亞傑希翁嗎？」

艾蓮歐諾露焦急地問。那裡是她的故鄉，終究沒辦法太過冷靜。

「要返回……地上嗎……？」

潔西雅擔心地問。

『雖然「創造之月」與「破滅太陽」在那裡的樣子，不見得控制它們的德魯佐蓋多與艾貝拉斯特安傑塔也回到了地上。』

『因為在地上會無法隱藏。』

米夏說。那是擁有如此龐大魔力的城堡，假如藏在地上，應該無論如何都會被發現吧。

對方恐怕不會做出這種蠢事。

『即使擊墜月亮與太陽，只要沒有控制住破壞神與創造神，相同的事情應該就會不斷發生。假如連忙趕往地上，就會正中策劃此事之人的下懷。』

那傢伙恐怕會關閉神門，斷絕通往眾神的蒼穹的道路。我們變得越來越難對「破滅太陽」出手。

「可是，如果莎潔盧多納貝的日全蝕發生，亞傑希翁就會被燒燬喔？」

『在這之前解決此事最好呢。』

雖然我也不認為目標只有亞傑希翁。即使從那片天空上，應該也能夠射擊迪魯海德吧。或者不需要在意什麼瞄準，就像「極獄界滅灰燼魔砲」一樣，擁有能終結世間萬物的力量也說不定。縱然不認為神族會把世界傷害到這種地步，然而淘汰神就連神都殺了。假如對手是不遵守秩序的神，無從知曉祂究竟會做出何種事情來。

『我不能回去。不過，最好還是先將事態傳達給地上的部下。雖然他們應該有在警戒神的軍隊，照理說還不清楚「破滅太陽」的日全蝕才對。』

「那麼，接著去找神界之門就好了吧？」

艾蓮歐諾露豎起食指。既然無法從這裡將「意念通訊」傳到地上，就只有讓某人回去通知這個辦法了。然而——

『神界之門在對方的控制之下，如果跟來這裡的時候一樣，在返回地上的瞬間被關上門，就會被再次分開吧。我們先建立與地上的聯絡管道，否則無法保證能守住亞傑希翁與迪魯海德。』

就連這個莎潔盧多納貝的日蝕都是布局也說不定，無法保證沒有下一個策略要對付。

「……嗯～那要怎麼辦才好？」

『使用在那裡的神門。』

『可是，神門是單向道，而且只有神族能通過吧？』

莎夏提出這種疑問。

『沒錯。正因為如此，對方不會想到會被我利用。安妮斯歐娜看得到地上的樣子吧？』

對於我的問題，安妮斯歐娜豎起頭上的翅膀回答：

「嗯！我看得見喲。不過，看不到全部。」

『身為魔法秩序的安妮斯歐娜，是類似神族的存在。由於祂們不曾假定安妮斯歐娜的存在，所以神門應該沒辦法完全擋住她。』

「嗯～那單向道這點要怎麼辦？就算能從這裡過去，要是回不來也無法聯絡喔。不是連『意念通訊』都傳不回來嗎？」

艾蓮歐諾露問。

『只要經由妳就行了。連結妳們母女的魔法線，是以魔法秩序與使用這個魔法秩序發動的魔法術式連結起來的。換句話說，就是秩序的聯繫。即使穿過神門，照理說也能發揮功效才對。』

「所以～只要連著臍帶，讓安妮妹妹降落到地上就好了嗎？」

『沒錯。位在地上的安妮斯歐娜與位在神界的妳，能經由魔法線以「意念通訊」進行通訊。也就是會成為連結地上與神界的聯絡管道。』

艾蓮歐諾露理解似的「嗯嗯嗯」地點了點頭。

「安妮……妳一個人，沒問題嗎……？」

潔西雅擔心地問。

「那裡有……神的軍隊……」

「沒問題喲！就算不戰鬥，也只要能進行聯絡就好。而且啊，亞傑希翁是潔姊姊與艾蓮歐諾露的故鄉吧？還有、還有，也必須保護米里狄亞與魔王阿諾斯的……大家的故鄉。因為安妮斯歐娜是為了和平而誕生的。」

緊接著，潔西雅緊緊握住安妮斯歐娜的雙手。

「將潔西雅的……聲援之力……送給妳……是……加油、加油，再加油喔……！」

「謝謝妳。這樣安妮斯歐娜就無敵了。」

安妮斯歐娜開心地笑了笑。

「那麼，總之我就先讓神族無法對這扇門出手喔。」

艾蓮歐諾露一舉起手，在後頭待命的「仿真紀律人偶」就將神門團團圍住。

「『四屬結界封』。」

「仿真紀律人偶」們分別在四方構築起地水火風的大型魔法陣，以結界覆蓋住神門。

「我出發了。」

「別勉強自己喔。」

安妮斯歐娜點點頭，展開四片翅膀。在飛起後，她進到了神門之中。門後是次元不穩定的異界，魔力粒子「劈啪劈啪」地洶湧激盪。雖說類似神族，安妮斯歐娜正確來說並非神族。出乎意料的異物入侵，使得神門的秩序產生異變，魔力開始失控。

安妮斯歐娜痛苦地扭曲表情。從她肚臍伸出的魔法線被洶湧的魔力場削弱，眼看變得越來越細。

「……相當……難受喔……」

艾蓮歐諾露用單手輕輕摸著下腹部，然後以「聖域」將放入「仿真紀律人偶」裡的十萬個仿真根源轉換成魔力，補強連結到安妮斯歐娜身上的魔法線。這樣就算是洶湧激盪的魔力場，也有辦法支撐下去的樣子。可是，如果要用上這麼多魔力，會使得艾蓮歐諾露的根源疲弊。就算建立起聯絡管道，也無法維持太久。

「……能看到了喲……是亞傑希翁嗎……？」

在將魔眼（視線）移到安妮斯歐娜的視野上後，能看到洶湧魔力場的各個縫隙之間，顯示著地上的風景。

「試著呼喚看看，安妮妹妹。只要跟能施展『魔王軍』的人連上魔法線，我的聲音應該也能傳遞過去。」

艾蓮歐諾露說。地上與神界的距離比想像中大，就算經由安妮斯歐娜，艾蓮歐諾露的聲音也很難直接傳到地上的樣子。只能讓安妮斯歐娜發出呼喚了。

『有人在嗎？』

安妮斯歐娜無差別地發出「意念通訊」。

『認識暴虐魔王的人，認識魔王阿諾斯的人。求求你們，回答我吧。地上面臨危機。』

通過魔力場後，視野豁然開朗。安妮斯歐娜的身體受到衝擊，猛然晃了一下。穿過神門後，她摔倒在大地上。耳邊能立刻聽到刀劍交鋒的聲音，然後爆炸聲響徹開來。

安妮斯歐娜迅速抬頭，發現周圍一帶是戰場，人類士兵與神的軍隊正在交戰。當然，這個時代的人類士兵不可能對抗得了神，他們不得不節節敗退。安妮斯歐娜抵達的地點，是神的軍隊的陣地。腳步聲「唰」的一聲響起。她轉頭看向背後，發現劍兵神早已舉起神劍。

「啊……！」

神劍毫不留情地揮下。事情發生得太過突然，以至於安妮斯歐娜無法反應過來。可是那把要砍向脖子的劍，在砍中之前揮了個空。這是因為從遠方跑來的人影，將安妮斯歐娜抱入懷中，保護了她。劍兵神逼近一步，瞪著那名少女。

「「「騙你的根源死殺——！」」」

「……咳呃……」

劍兵神遭人從背後刺出七個窟窿。纏繞著黏稠黑光的棒子，輕易地貫穿了神。

「怎麼了嗎，愛蓮？衝到這麼遠的地方來！」

「要是離主力部隊太遠，會被幹掉喲！」

「而且艾米莉亞老師說了要撤退喲。她說現在的戰力完全無法抵抗，必須趕快逃走！」

此時現身在這裡的，是穿著漆黑長袍的魔王學院少女們。她們是阿諾斯粉絲社，魔王聖歌隊的成員。

「請等一下，方才這孩子好像喊了阿諾斯大人的名字！」

愛蓮將安妮斯歐娜抱在懷裡，一臉認真地說。

§15 【亞傑希翁的混亂】

「那個……！」

因為事發突然嚇到的安妮斯歐娜，在愛蓮的懷中大喊：

「安妮斯歐娜是魔王阿諾斯的夥伴喲！我是來傳達天上那個日蝕的事！」

「呃，日蝕指的是……？」

愛蓮仰望天空。太陽只缺了一小角，或許還難以判斷是不是日蝕吧。

「……那顆太陽，是那個吧？我記得叫做什麼『破滅太陽』，就是之前在密德海斯被阿伯斯．迪魯黑比亞占領的時候也曾經看過的。」

潔西卡說。

「嗯，沒錯喲！帶有破壞神與創造神力量的德魯佐蓋多與艾貝拉斯特安傑塔被神族奪走，魔王阿諾斯目前正為了奪回這兩座城堡，而去眾神的蒼穹了喲。因為那顆『破滅太陽』要是變成日全蝕，就會發出足以毀滅地上的大魔法！」

安妮斯歐娜豎起頭上的翅膀，一臉認真地說：

「魔王阿諾斯正在阻止這件事。因為亞傑希翁對此束手無策，所以請你們專心對付神的

軍隊。另外，安妮斯歐娜是連結地上與神界的聯絡管道，所以希望你們能保護我。」

粉絲社的少女們面面相覷。

「能和阿諾斯大人對話嗎？」

愛蓮問。

「因為這裡離神界太遠，所以現在只能由安妮斯歐娜口頭轉達喲。要是有能施展『魔王軍』的人在，我想就能跟安妮斯歐娜連起魔法線，和艾蓮歐諾露對話了。」

「『魔王軍』的魔法，我們還沒辦法……必須把艾米莉亞老師叫來……」

諾諾說。

「總之，就帶這孩子退回大本營吧！要是待在這裡，不知敵人何時會來——」

話說到一半，麥雅就閉上嘴。因為能在前方看到神的軍隊的影子。五名……十名……十五名，神兵們接二連三出現。這支部隊合計大約有一百名吧。以會施展「攻圍秩序法陣」的祂們為對手，光憑魔王聖歌隊無法對抗。

「快走吧。必須趕快逃才行。」

「不、不行！沒辦法這麼做喲！」

安妮斯歐娜一這麼說，愛蓮就露出困惑的表情。

「沒辦法是什麼意思？如果待在這裡，會被神族的士兵幹掉喔？」

「因為安妮斯歐娜是從位在神界的艾蓮歐諾露身上伸出的魔法線，經由神門和她連結在一起的……」

安妮斯歐娜讓大家看了看從自己肚臍伸出的魔法線。只要以魔眼沿著這條魔法線看去，就知道是連到空間扭曲的位置——神門上。

「……妳說的神門，是在這條魔法線中斷的地方上嗎？」

憑愛蓮她們的魔眼，還無法認識到神門的存在。「狂愛域」雖然攻防都很強大，卻沒有強化魔眼。

「因為魔法線無法再伸得更長，安妮斯歐娜不能離開這裡。所以，希望妳們能將會施展『魔王軍』的人帶來這裡！」

粉絲社的少女們露出傷腦筋的表情。而在她們遲疑之時，神的軍隊已經逼近到眼前。

『魔王聖歌隊，請回答。魔王聖歌隊，請回報狀況。』

她們收到「意念通訊」。安妮斯歐娜看到那道魔力來自艾米莉亞。

「艾米莉亞老師，我們在敵陣發現到一名叫做安妮斯歐娜的女孩子。她自稱是阿諾斯大人的使者。」

愛蓮將方才跟安妮斯歐娜確認到的情報，逐一報告給艾米莉亞。於是她說：

『——我知道了。切斷魔法線將安妮斯歐娜帶到主力部隊來，假如沒辦法，請把她留在那裡。』

「咦……可是，她說這是與阿諾斯大人的聯絡管道……」

『或許是這樣，但太可疑了。突然出現在敵陣，說不定是敵人的陷阱。目的也有可能是要引出會施展「魔王軍」的術者。』

唔嗯，也是，會這麼想不無道理吧。這裡是戰場。太過老實地相信來路不明之人，可能會嘗到苦頭。話雖如此，這下可傷腦筋了。

「……可是，我認為這孩子沒有說謊……」

愛蓮說。

『沒有確證吧？』

「有！」

當場回答後，她接著說：

「因為這孩子有阿諾斯大人的味道！」

瞬間，艾米莉亞啞口無言。

『……味道……嗎……？』

愛蓮把臉埋在安妮斯歐娜身上使勁聞著。

「咦，那個……咦咦？」

安妮斯歐娜彷彿不知所措地叫道。這也是沒辦法的事。因為粉絲社眾人將年幼少女團團圍住，大家一起把鼻子湊了上去。

「真的嗎，愛蓮？我一點也……」

「那、那個……咦，那個……？」

安妮斯歐娜很困擾似的縮起頭上的翅膀。

「啊啊……！這、這個高貴且崇高，蹂躪鼻子的暴虐氣息……！」

「喂，聞到了吧？」

「嗯嗯，聞到了、聞到了！是壓倒性的阿諾斯大人臭！」

「說什麼阿諾斯大人臭，注意說法！要說餘香，是餘香！」

「最近一直在執行公務，有陣子沒有聞到，所以立刻就聞出來了呢。」

「這孩子在不久之前，絕對和阿諾斯大人在一起喲。」

該說粉絲社的嗅覺還真是可怕嗎？

「假如她見過阿諾斯大人，然後還能出現在這裡，那就是夥伴了喲！因為她如果是會陷害我們的敵人，阿諾斯大人不可能會放過她，安妮斯歐娜應該無法來到這裡。」

少女們相互點頭，以做好覺悟的表情舉起棒子。

「艾米莉亞老師，我們不會離開這裡。」

「因為她肯定是阿諾斯大人為了我們所送來的孩子。」

「我認為必須要守護住她。」

黏稠黑光覆蓋住八人。彷彿在呼應她們的意念，「狂愛域」瘋狂般地激昂起來。不過，實際不只如此。她們就像要積蓄意念一樣，再次把臉埋在安妮斯歐娜身上，深呼吸一口氣。

「……啊嗚嗚……」

安妮斯歐娜發出細如蚊鳴的聲音。緊接著，黑色光芒變得更具黏性，宛如泥巴般黏稠。

「以間接擁抱——」

「「「騙你的獄炎殲滅砲————！」」」

八根棒子突刺出來。上頭噴出的黏稠黑光模仿太陽，朝逼近而來的神的軍隊發射出去。

可是，黑光太陽在侵入祂們結界的瞬間變成了石頭。遠距離的魔法砲擊全數被術兵神的魔法擋下，無法造成傷害。話雖如此，要是向前接近，就會淪為「攻圍秩序法陣」的餌食。即使是神族弱點的「狂愛域」，相較於人數占優勢的軍隊，還是差了一點吧。

「我們才不會輸呢！」

「只要爭取到時間——」

「就能夠守住！」

粉絲社少女們連續發射「狂愛域」的太陽，澈底牽制。就算魔法砲擊會被變成石頭，也不是無條件的。只要打倒維持結界的術兵神，形勢應該會一口氣逆轉。

神的軍隊不打算強行突破，慎重地一面讓「狂愛域」無效化，一面破壞石頭，一步一步縮短距離。緊接著，祂們開始展開要將少女們包圍起來的陣形。

「……再這樣下去……」

退路遭到斷絕。這同時也意味著「攻圍秩序法陣」完成。

「可是不能離開這裡啊……！」

只要構築起包圍的陣形魔法陣，祂們就能充分發揮數量優勢，在轉眼間殲滅掉粉絲社吧。少女們不死心地持續魔法砲擊。就在這時，神的軍隊一口氣加速，穿越了砲擊。

「愛蓮！快攻擊前頭的神族！要是被包圍就完蛋了喲！」

「我知道……但太快了……！」

就在神的軍隊以高速衝過砲擊，打算發動「攻圍秩序法陣」時，帶頭衝鋒的劍兵神們接連燃燒起來。那是「聖爆結界滅」，是利用「聖域」形成的魔法結界。敵人只要踏進隱藏在地下的結界，就會被神聖的爆炸火焰吞噬。

「一定會採取包圍陣形，就像在說自己想中陷阱一樣。」

出現在愛蓮她們前來的方向上的，是艾米莉亞率領的亞傑希翁軍主力部隊。

「發射魔法砲擊，將敵人引誘到『聖爆結界滅』的位置上加以擊破。實力雖是對方占優勢，只要『攻圍秩序法陣』發動，就是數量的較量。就以人數一口氣擊潰祂們吧！」

「「「遵命！」」」

亞傑希翁軍約有八百名。假如正面對決，無論如何都不是神的對手，但艾米莉亞巧妙運用「聖爆結界滅」，讓祂們陸續落入爆炸火焰的陷阱之中。

要是不以包圍陣形攻擊，就無法對抗魔王聖歌隊的「狂愛域」；要是在包圍後發動「攻圍秩序法陣」，數量占優勢的亞傑希翁軍就反而會變得有利。陷入危機的人類團結一心，使得「聖域」的力量更為強化。

然而就算這樣，也只能勉強和一百名左右的神的軍隊勢均力敵，而且僅限出其不意的短期間內。他們一下子就被逆轉了。

「愛蓮同學！」

艾米莉亞以「飛行」與粉絲社她們會合。

「還真是拿妳們這些學生沒辦法耶。」

她與愛蓮抱在懷中的安妮斯歐娜對上視線。

「只要對她施展『魔王軍』就好了吧？」

「……是這樣沒錯，可是，艾米莉亞老師方才不是說這也許是神族的陷阱……？」

愛蓮問。

「這也是沒辦法的事吧？總不能對妳們見死不救。是不是陷阱，只要確認過就知道了。我要是出了什麼事，請立刻把我綁起來。」

艾米莉亞這麼說完，就對安妮斯歐娜施展「魔王軍」，與她連起魔法線。

『哇～喔，艾米莉亞老師很帥喔！』

「……這個聲音與魔力……艾蓮歐諾露同學……？」

在連上魔法線後，艾蓮歐諾露的聲音就經由「意念通訊」傳達給艾米莉亞。

『就是這樣，安妮妹妹說的是真的喔！我們正在神界尋找那個日蝕的元凶，能請你們想辦法死守住這個聯絡管道嗎？』

艾米莉亞露出凝重的表情。

「……如果是陷阱還比較好啊……現在交戰中的神的軍隊雖然不達一百名，但是敵方主力部隊光是能確認到的就有五千名。只要這些兵力有一成過來這邊，我們就毫無勝算……」

『嗯～那邊就不能靠艾米莉亞老師的智慧想想辦法嗎？雷伊弟弟他們也在那邊吧？』

「他目前正在出現於蓋拉帝提南方的神門那邊交戰中。戰力不足是怎麼樣也沒辦法。」

艾米莉亞以嚴肅的表情沉思。然後，她這次向其他地方發出「意念通訊」，其地點是蓋拉帝提。

「勇議會，請回答。我是艾米莉亞。」

通訊立刻就連上了。

『我是勇議會會長洛伊德。撤退完畢了嗎？』

「沒有。魔王阿諾斯建立了與神界的聯絡管道，那顆太陽果然是神族所為的樣子。為了擺脫這個危機，必須守住在敵陣建起聯絡管道的一名叫做安妮斯歐娜的少女。請允許使用聖明湖，以及懇請勇者學院出陣。」

『……這是怎麼回事？』

『快說明清楚，艾米莉亞。』

對於勇議會議員們不得要領的詢問，艾米莉亞嘆了一口氣。然後，她盡可能快速地說明了情況。聽完她的說明，會長洛伊德說：

『……我明白情況了。但能通融的戰力，最多就是剩下的三個中隊。勇者學院與聖明湖必須用來封殺畫在天上那個太陽的魔法術式，現在不能動用……』

『啊～這麼做一點意義也沒有喔。那不是你們有辦法對付的魔法。』

艾蓮歐諾露一介入對話，洛伊德就困惑地反問：

『……妳……是何人？』

『我是魔王大人的部下喔！「破滅太陽」莎潔盧多納貝是連兩千年前的魔族都能毀滅的力量，你們就連要接近那片空域都辦不到喔。而且，這次還是比當年更加強大的日蝕。』

『可是……在魔法發動之前的現在，是一點魔力也感受不到……只要動作快，應該就能阻止……』

洛伊德的判斷絕對算不上是錯誤的——只要扣除他絲毫感受不到莎潔盧多納貝的魔力太過龐大這一點。這就跟我轉生之後，這個時代的魔族感受不到我的魔力一樣，同樣的現象如今就發生在「破滅太陽」與勇議會之間。

『要是魔王會去阻止，倒還可以理解，但事情真是如此的話，那麼他親自來向我們請求才符合道理吧？』

『確實，居然連親自過來都不肯。雖然想跟迪魯海德建立友好關係，但總是單方面地答應要求，也會關係到我們的面子。』

『只不過，這可是那個魔王說的。我認為有考慮的價值。』

『話雖如此，我們也不是一點法子都沒有。我方明明就沒有要求，卻跑出來多管閒事也不太對吧？』

『這話會不會說得太重了？可不能忘了他至今以來所付出的努力啊？』

『話雖如此，我方光是要對付神的軍隊就自顧不暇。如果要派援軍過來也就算了，但要我們單方面分出戰力……』

『假如魔王沒有多嘴，我們早就撤退完畢了。這就只是在徒然增加損害不是嗎？』

『不管怎麼說，都想請他以正式的文件提出請求。』

議員們接二連三提出意見。

『各位，我明白大家沒有餘裕，但請冷靜下來。迪魯海德的魔王至今為我們帶來許多恩惠，就連成立勇議會，追根究柢也是多虧了阿諾斯·波魯迪戈烏多，因此大家不能漠視他的意見吧？』

在洛伊德這麼說完，議員們儘管不情願，還是讓步了。話雖如此，抱怨聲還是不絕於耳的樣子。

「……這裡可是在戰場上啊……」

不讓勇議會聽見，艾米莉亞低聲嘀咕。看樣子勇議會還在爭執呢。在這種尚未決定好有事之際要如何決定方針的事態，要說沒辦法也是無可奈何的事情，但也差不多希望他們能下定決心了。

『……抱歉，艾米莉亞學院長。我這邊也自顧不暇……』

洛伊德以只有艾米莉亞能聽到的加密通訊說。

「就算道歉也無濟於事。至少請將這件事交給我全權處理。雷伊同學……請勇者加隆出陣也無所謂。」

『這……可是……』

「如果袖手旁觀，就只會讓亞傑希翁的人民死去喔。」

持續保持沉默。就算是一時性的，還是無法將實權交到魔族手上吧。還真是和平，他們在考慮事後處理的問題吧。明明就不知道還會不會有那個事後。就連他們在爭執的期間，人類的士兵也被神刃貫穿。

『啊～我已經明白了喔。既然如此，我就讓你們見識一下保護安妮妹妹的好處。』

艾蓮歐諾露一大聲說道，安妮斯歐娜就同時展開翅膀。被耀眼光芒籠罩後，羽毛與魔法文字從上頭飄落。好幾顆聖水球構築起來，散發著淡淡光芒的羽毛飄入其中。這些聖水球眼看著開始化為少女的模樣，誕生出兩百具「仿真紀律人偶」。

「咦……這是……？潔西雅同學……？」

艾米莉亞茫然看著「仿真紀律人偶」。大概是被她們的外貌與魔力的強大嚇到了吧。

『上吧。』

兩百具魔法人偶藉由飛馳一般的速度與亞傑希翁軍會合後，就拔出聖水劍一齊衝向神的軍隊——

§16 【蠟製翅膀】

亞傑希翁在不過數分鐘的交戰下全線崩潰，傷兵持續增加。在艾米莉亞的指示下，代替一齊後退的人類士兵維持前線的，是艾蓮歐諾露產生的魔法人偶們。

「仿真紀律人偶」在眨眼間就把神的軍隊砍倒在地，將祂們的陣形從中間一分為二。然後，他們衝向部隊後方的術兵神多爾佐克，將祂一刀兩斷地斬殺。在這瞬間，保護神的軍隊的結界消失了——

『愛蓮妹妹，妳們就趁現在喔！』

配合艾蓮歐諾露的呼喊，魔王聖歌隊舉起阿諾斯棒棒。

「「「騙你的獄炎殲滅砲——————！」」」

黏稠的「狂愛域」太陽接連落下，將神的士兵一掃而空。在陣形崩潰、喪失防止魔法砲擊的手段後，神的軍隊已毫無勝算。或許認清到這件事了吧，祂們立刻轉為撤退。就像退潮似的，神族從她們眼前離去。對於意想不到的勝利，讓甚至做好赴死覺悟的亞傑希翁軍士兵們激昂歡騰。他們高興到竭盡全力發出勝利的歡呼。

艾米莉亞沒有大意，指示士兵們確認有無伏兵。只不過，看來不用擔心此事的樣子。

「——話說，要是能做到這種事，就算不用我們保護也沒問題不是嗎？」

艾米莉亞以「意念通訊」向艾蓮歐諾露問道。然而，她沒有立刻得到答覆。

「艾蓮歐諾露同學？」

「不行！這招其實不能用喔。因為艾蓮歐諾露光是建立聯絡管道，負擔就很重了。如果還從神界施展『仿真紀律人偶』，身體會撐不住喲！」

面對安妮斯歐娜強烈的控訴，使得艾米莉亞只能被她的氣勢壓倒。

『……不行啦，這件事要保密喔。假如知道「仿真紀律人偶」能成為戰力，大家的士氣會上升，而且也會比較容易說服勇議會吧……』

艾蓮歐諾露有點痛苦地說。神界也有一千具「仿真紀律人偶」，而這些是為了維持魔法線所必要存在的戰力。倘若連在地上都必須施展「仿真紀律人偶」，就會超過十萬仿真根源的上限。儘管就如安妮斯歐娜所說的負擔太重，現在還不能讓她休息。

「……對不起……」

安妮斯歐娜沮喪地縮起頭上的翅膀。

『不要難過啦，我沒有生氣喔。』

艾米莉亞板起臉來，向勇議會發出「意念通訊」。

「呼叫勇議會，我是艾米莉亞。在魔王軍的支援下，目前已經擊退神的軍隊了。我要在這裡設置據點，作為蓋拉帝提的防衛網。可以吧？」

『擊退……？哦哦，擊退嗎！真不愧是艾米莉亞學院長，妳做得很好。諸位議員也沒有意見吧？』

洛伊德向各議員進行確認。既然都擊退了敵人，眾人似乎也不會有意見了。

『就交給妳了，艾米莉亞學院長。』

『那麼聖明湖與勇者學院的事呢？』

『……這就再討論吧……那不是能立刻解決的問題……』

洛伊德一答覆，平原就微微變暗。只要仰望天空，便可以發現「破滅太陽」再度缺損了。日蝕正在持續進行。

『既然擊退敵人，也空出時間了，剩下的事就等到蓋拉帝提再談吧。就這樣了。』

「意念通訊」被切斷了。艾米莉亞大大地嘆了口氣。

「……到底有多無能啊……真是受不了……」

看來她過得挺辛苦的呢。不過，眼下沒有餘裕能夠太從容，再說還想知道地上的動靜。

『——嗯？嗯嗯。我知道了喔。』

艾蓮歐諾露回應我發出的「意念通訊」。要是能直接與地上聯絡，就簡單多了。不過也罷，沒辦法要求太多。

「怎麼了嗎？」

艾米莉亞問。

『阿諾斯弟弟說他想知道地上的狀況。妳知道迪魯海德的狀況嗎？』

「如果是這樣，雷伊同學他們還比較清楚喔。因為我得應付亞傑希翁的笨蛋們，已經分身乏術了。」

『哇～喔，艾米莉亞老師。妳是不是積了不少怨氣啊？』

於是，艾米莉亞再度嘆了口氣。

「他們一個個都是好人呢。」

她眼神呆滯地開始罵道：

「但是那些人，為什麼人數一多起來，就會說起蠢話來，真是意義不明。而且還和平痴呆過頭了。難道以為他們就不會死嗎？既然出事時這麼無能，那閉上嘴巴不就好了。」

『啊～我懂，我懂喔～老師妳冷靜點。』

在被艾蓮歐諾露安撫之後，艾米莉亞一臉尷尬地小聲說：「請忘記吧。」然後，她這次向其他地方發出「意念通訊」。

「雷伊同學、米莎同學，等戰局穩定之後，請立刻聯絡我。由於魔王阿諾斯有找，所以請儘快。」

對於那一頭的答覆，艾米莉亞用三言兩語簡單說明狀況。

「這樣啊，耶魯多梅朵老師也會來。我明白了。」

艾米莉亞轉向粉絲社的少女們，向她們與軍隊的隊長說：

「我要先回蓋拉帝提一趟，現場就交給各部隊長與魔王聖歌隊。一旦發現敵跡，請立刻向我回報。」

「知道了。」

「「「遵命。」」」

艾米莉亞畫起「轉移」的魔法陣。在從指尖注入魔力後，她的視野就染成純白一片。

『艾米莉亞老師，妳學會「轉移」了啊。』

「勇議會的工作，外加上學院的業務與排除敵對勢力；假如以飛行移動，即使有再多身體都不夠用。由於還不熟練，所以能去的地方還很有限就是了。」

下一瞬間，能看到王都蓋拉帝提的大門與聖明湖。

「我要在這裡與雷伊同學他們會合。」

她這麼說完，就朝聖明湖的方向走去，在略高於湖面的位置上，以聖水畫著巨大的魔法陣。以這個時代的人類來說，那是規模相當大的魔法。大概是位在湖裡的術者們，以「勇者部隊（asura）」將魔力集中在一人身上畫出的吧。聖明湖中能看到好幾道身穿勇者學院制服的人影。考慮到勇者學院出陣一事遭到否決，或許可以認為學生們全在這裡。

『嗯～？這是在做什麼啊？感覺好像是以前在勇者學院學過的術式……？』

「長距離結界魔法『聖刻十八星（reiakanettsu）』。簡單來說，就是讓聖水飛到遠方，在遠處構築結界的魔法。」

艾蓮歐諾露就像想起來似的發出「啊～」的一聲。就術式看來，「聖刻十八星」正瞄準著天空。

「據說勇議會決定用這個『聖刻十八星』，封印那顆浮現在天上、令人感到毛骨悚然的太陽。」

語罷，就聽到「咯咯咯咯」的笑聲。在艾米莉亞的正後方、伴隨笑聲轉移過來的，是個頭戴大禮帽，手持手杖的魔族——熾死王耶魯多梅朵。

「咯咯咯、咯咯咯咯咯，咯——咯咯咯咯！」

他哈哈大笑，然後狂笑，持續笑。

就這樣笑個不停。

『耶魯多梅朵老師，你突然冒出來一直笑，讓人完全摸不著頭緒喔！』

「哎呀哎呀，魔王的魔法。妳方才也聽到了不是嗎？居然想用蠟製的翅膀接近太陽，咯咯咯！輕率、輕率，再多補上一句輕率啊！他們難道打算以無知、無謀且無力的三拍子，跳一段無能的華爾滋嗎？」

無視啞口無言的艾米莉亞，熾死王將手杖緩緩舉起，指向「破滅太陽」。

「那是兩千年前，強壯的魔族們抱持毀滅的覺悟挑戰，在將魔王與其右臂送進去後，才總算讓它殞落的『破滅太陽』莎潔盧多納貝。而且現在還散發出比當年更加可疑的氣息。」

耶魯多梅朵一臉愉快地揚起嘴角。

「就放棄吧。你們別說是封印，就連那片天空都抵達不了。你們現在能做的事情，就只有一件。」

他旋轉手杖，猛然指向艾米莉亞。

「就是竭盡全力地準備逃跑啊。」

「——就算是我們，假如辦得到，也想這麼做。」

聖明湖裡浮出一名藍髮戴眼鏡的男子，他是勇者學院的學生雷多利亞諾。

「可是我們畢竟不是能反抗勇議會決定的身分。他們恐怕不會有捨棄人類的堡壘——王都蓋拉帝提逃跑的念頭吧。」

「說到底啊～」

穿著深紅色制服的金髮少年出現。那個人是海涅。

「明明看到，就知道那是不可能對付得了的東西，但他們的魔眼就連魔力都感受不到，簡直就是在搞笑對吧。」

接著，紅髮男子萊歐斯從湖裡走上岸。

「而且老實說，我已經想逃了啊。但我們要是逃了，蓋拉帝提的人們就無法得救。」

儘管三人都在抱怨，他們都帶著早已下定決心的眼神。或許很中意這一點吧，熾死王咧嘴一笑。

「原來如此、原來如此。這樣啊、這樣啊。也就是你們知道這並不可能啊。只不過，要不靠魔王讓那個殞落，只能倚靠奇蹟了喔。對吧，勇者加隆？」

耶魯多梅朵一轉身，雷伊與露出真體的米莎就在那裡出現。他們剛轉移過來。

「阿諾斯來得及嗎？」

雷伊轉向艾米莉亞問道。

『德魯佐蓋多與艾貝拉斯特安傑塔被藏到神界的某處，目前正在尋找途中喔。假如找到了，應該能讓破壞神與創造神的權能喪失效力。不過，他說如果能在那邊阻止「破滅太陽」，那就再好不過了。』

艾蓮歐諾露將我的話語經由「意念通訊」傳達過去。

『還有，他想知道地上現在的狀況喔。』

聽到這句話，耶魯多梅朵就開口說明：

「據說精靈的住所也出現了幾道神門。魔王的右臂正和精靈之母大精靈一起，率領著精靈到處討伐那些傢伙。迪魯海德各地也出現了神的軍隊襲擊城市；地底大致上也正面臨同樣的狀況。」

除了現在艾蓮歐諾露她們所在的極光神殿之外，還有其他生產神的軍隊的場所，藏在神界的某處吧。

讓「破滅太陽」浮現在天空，祂們一口氣開始進軍。祂們大概打算藉由襲擊無力的民

眾，讓我們無法準備殞落「破滅太陽」的戰力吧。然後等時機一到、迎來日蝕之後，就會有更大的危機襲擊地上。

「依我的判斷，頂多只能湊出四艘飛空城艦吧？這就只能請你們兩人過去了，好嗎？」

耶魯多梅朵將手杖指向雷伊與米莎。

「以靈神人劍斬斷『破滅太陽』的宿命嗎？」

「好啦、好啦，就算是傳說的聖劍，也不一定能這麼剛好地斬斷吧？那不是魔族的東西，而是神力。」

熾死王在看向雷伊後，他就一如往常地露出從容的微笑。

「如果只能斬斷，我會斬斷喔。假如破壞神不在裡頭，應該會比阿諾斯讓『破滅太陽』殞落的時候來得輕鬆吧。」

「咯咯咯，真不愧是勇者。不這樣怎麼行呢。」

耶魯多梅朵朝艾米莉亞與雷多利亞諾他們看去。

「再來只要某處的傢伙們，別拍著蠟製的翅膀在太陽附近晃來晃去就好了呢。」

「不管大人物們怎麼說，我們都不打算妨礙喔。」

萊歐斯一回答，耶魯多梅朵就用手杖指著他的臉。

「太棒了、太棒了，太棒了不是嗎？即使反抗權力，也要做好應盡的職責。咯咯咯，這不是相當能幹嗎？」

熾死王讓手杖飄在空中，誇張地拍起手來。

「賢明的勇者啊，都這種時候了，就來協助我們吧。根據用法的不同，蠟製的翅膀也能派上用場。」

「如果能幫上忙，我也想幫啊。」

「……坦白講，不知道勇議會會怎麼說呢……」

雷多利亞諾說。

「咯咯咯，無所謂、無所謂，無所謂不是嗎？笨蛋說的話就無視吧。反正即使照他們說的去做，失敗了也會把責任推卸給你們喔，懂嗎？然而，只要拿出成果來，你們就是英雄。萬一被問罪的話，就來魔王學院吧。」

我會好好照顧你們——耶魯多梅朵有如這麼說似的笑著。他或許對勇者的魔法感興趣了也說不定。

「在最糟的情況下，我們即使遇到那種事也無所謂啦。」

海涅這麼說，同時三人看向艾米莉亞。

「別在意無聊的事。請你們為了活下去，做出最大的努力。要是死了，一切就到此為止了。」

艾米莉亞留下這句話便邁開步伐。

「老師要去哪裡？」

在米莎詢問後，艾米莉亞微微轉頭說：

「去和笨蛋們談談。」

§17 【魔王的弟子】

枯焉沙漠——

我坐在以「飛行」浮起的闇棺上，飛下沙之階梯。周圍的外牆有時會像海市蜃樓般朦朧扭曲，是因為這裡是波羅的水井。在將安納海姆裝進我現在坐著的「永劫死殺闇棺」後，我一面與艾蓮歐諾露進行「意念通訊」，一面進到這個水井裡。大概是為了躲避安納海姆吧，波羅的孩子們已不見蹤跡。我儘管向迪爾弗雷德發出「意念通訊」，卻不知為何沒有回應。

在沒人帶路的情況下，我朝有點錯綜複雜的水井深處前進。終於抵達階梯盡頭後，能在眼前看到白色的沙地在燃燒。就跟外頭的沙漠一樣，純白火焰從沙上升起，飛舞著無數的淡淡火星。這些火星宛如被吸引一般聚集在一點上，往沙地中央的紺碧綠洲聚集而去。

接觸到水面的火星消失。也就是應該前往樹冠天球的火露之火，在這裡變成了水嗎？能聽到快樂的嘻笑聲。在綠洲的周圍，波羅的孩子們在互相潑水嬉戲，深化神迪爾弗雷德獨自佇立在遠離他們的位置上。祂正在以「深奧神眼」直直窺看著紺碧綠洲。

「看出什麼來了嗎？」

縱然我從身後搭話，迪爾弗雷德卻一點反應也沒有。

「沒用的啦。那個深化神大叔說祂要稍微想一下後，就變得完全沒有反應了。」

穿著破布的波羅少年——韋德向我搭話。唔嗯，也就是陷入沉思了吧。迪爾弗雷德的身體雖然一動也不動，「深奧神眼」上卻聚集了驚人的魔力。大概是太過埋首在思考之中，聽不進其他事情吧。

「這裡就是波羅誕生的場所嗎？」

「嘩啦——！」

韋德跳了起來。

「是像這樣從那個綠洲裡浮上來的喔。很帥吧？」

他一臉自豪地說。迪爾弗雷德窺看著火露之火消失，並讓波羅誕生的綠洲深淵。看來先等祂得出答案會比較好的樣子呢。

「話說回來，不適任者大叔。這是什麼？」

韋德靠近我坐著的棺材，定睛看著。

「你是從哪裡得知我是不適任者的？」

「深化神大叔說的喔。然後，這是什麼啊？」

韋德「叩叩叩」敲著棺材。

「是安納海姆的棺材。」

「唔啊啊啊啊啊！」

韋德驚慌失措地高速後退。

「你、你……你居然把祂帶來了嗎！是打算對我們波羅做、做、做什麼？」

「你無須害怕。祂已經死了喔。」

「咦？」

韋德露出蠢臉後，戰戰兢兢地再度靠近。

「殺掉安納海姆了嗎？不適任者大叔你？」

「根本輕而易舉。」

「可是，這傢伙就算毀滅了也會復活喔？雖然我也沒毀滅過就是了。」

韋德一臉愕然地看著我。

「所以我讓祂在這副棺材裡持續不會終結的死。只要死沒有結束，也就不會毀滅。也就是不會抵達作為祂領域的終焉。」

「真的假的啊……雖然完全聽不懂，但不適任者是很厲害的大叔呢。超～帥的！」

大概是安心了吧，韋德猛然跑來「叩叩叩」地敲著闇棺。

「居然讓我們這麼害怕！活該，你這死不掉的安納海姆！可別瞧不起波羅啊！」

唔嗯，很像小孩子會有的反應呢。不過，安納海姆曾說過祂不知道波羅的存在。

「你們之前見過安納海姆嗎？」

「才沒見過面喔。畢竟這傢伙要是在枯焉沙漠發現到活著的傢伙，就會立刻想殺掉對吧？要是遇到，可是會死的。」

如果是終焉神那種個性，這一點也不奇怪呢。

「你們是怎麼逃過祂的？對上安納海姆，就連要躲藏都不容易。」

「嘿嘿～！只要逃進這個水井裡頭，看在安納海姆眼中，波羅的聚落就只是一般的海市蜃樓。這是波羅的智慧喔。很厲害吧！」

波羅的智慧啊……到底是誰給他們的呢？儘管不曾見過，卻很清楚安納海姆的事情這點也是，怎麼樣都不覺得他們是偶然誕生的。

「那麼，終焉神有注意到波羅的孩子們存在嗎？」

「我想祂大概不知道喔！說不定曾經稍微感到不太對勁，不過根據我的預想，那傢伙是個笨蛋。」

他的說法讓我忍不住笑了出來。

「這你猜對了呢。」

假如真是如此，安納海姆會過來這裡，就是想把闖入枯焉沙漠的迪爾弗雷德趕出去吧？

「喂，不適任者大叔。」

像要吸引我的注意力一樣，韋德「叩叩叩」地敲著棺材。

「收我為弟子吧！」

「哦？」

我一將視線望向韋德，他就接著說：

「能教我這個棺材的作法嗎？要是能將安納海姆打飛，就連在外頭也能自由走動，可以去各式各樣的地方吧？我想要去外頭的世界！」

「你到外頭想做什麼？」

「因為外頭很厲害吧？有各式各樣的東西，許許多多快樂的事，我想要見識這些！畢竟枯焉沙漠裡什麼都沒有啊。」

波羅少年就像個孩子似的，以大動作的肢體語言向我訴說。

「外頭長什麼樣啊？不適任者大叔在旅行對吧？那麼你一路上應該看過各式各樣的東西吧？就教教我啦！」

韋德連珠砲似的問個不停。

「唔嗯，哎，雖說是外頭，也是各式各樣。你們誕生的枯焉沙漠，是樹理迴庭園達·庫·卡達德的一部分。樹理迴庭園還有其他三個神域，而外頭存在大量無數的神域。人們稱那裡為眾神的蒼穹，是神族們的國度。只要穿過神界之門，還有我誕生的魔族國度，以及人類的國度。」

我以魔力粒子創造出立體地圖，將眾神的蒼穹與地上展現給他看。

「這個聚落就在這裡。」

於是，韋德兩眼閃閃發光地死盯著地圖不放。

「好厲害！世界居然這麼大啊！好厲害！」

在興高采烈地注視完地圖後，韋德猛然轉頭。

「喂，不適任者大叔。收我為弟子啦。然後，也帶我到外頭的世界去！」

「那我就教你一個魔法吧。」

我緩緩畫起魔法陣。魔力粒子聚集起來，闇棺「永劫死殺闇棺」出現。

「你模仿看看——假如你想當我的弟子。」

接著，韋德有樣學樣地操作魔力。才能相當不錯，能像呼吸般的控制魔力。他畫起跟我一模一樣的魔法陣，魔力粒子開始聚集。然後，「永劫死殺闇棺」就出現在那裡。

「哦？」

「怎樣！我能做到吧！畢竟我可是長老呢！是很厲害的喔！」

儘管不覺得他是一般人類，居然只看過一次就能完全模仿「永劫死殺闇棺」，真是越來越無法理解了呢。是誰，又是為了何種目的生出波羅的？會因為他們出現在達・庫・卡達德，而發生什麼事？

「喂！快說點什麼啊，不適任者大叔！不行嗎？」

「沒什麼，我在佩服你的才能很了不起。」

於是，韋德露出一臉得意的表情。

「那你會收我為弟子吧？」

「我會考慮，但我還有一些正事要做。就算要收你為弟子，也要等到事情辦完之後。」

「何時會結束？一小時之後嗎？」

韋德跳上飄浮的「永劫死殺闇棺」問道。

「咯哈哈，別這麼急。總之得先等迪爾弗雷德從思考的深淵之中回來呢。」

緊接著，一道認真的聲音傳來。

「你打倒安納海姆了嗎，不適任者？」

我將視線望去後，就見迪爾弗雷德只將脖子轉了過來。

「居然迫使終焉之神處於不會終結的死亡之中。就像讓作為神的此身，將恐怖變成已知一樣。」

「就算祢一臉認真地這麼說，看起來也不像嚇到了喔，迪爾弗雷德。」

我讓闇棺飛近深化神。

「然後呢？看到深淵了嗎？」

迪爾弗雷德再次轉向綠洲。

「這些水將火消失之後剩下的火露聚集起來，變換成了生命。波羅的孩子們似乎在一點一點地持續增殖的樣子。很顯而易見地，本來應該在這個枯焉沙漠裡循環的火露被偷了。」

「是誰偷的？」

「既然構築在枯焉沙漠裡，首先要懷疑的對象就只會是終焉神安納海姆。」

「原來如此。」

我以「飛行」飄浮起來，從闇棺上下來。

「下來吧，韋德。」

「哇、哇！」

韋德連忙跳下正要立起的「永劫死殺闇棺」。棺材立起，插在沙地上。

「持續著死亡的終焉神，就像走馬燈一樣作著『羈束項圈夢現』的惡夢。我就將那個夢連到這裡來，直接與祂對話吧。」

當我將魔力送進「永劫死殺闇棺」後，棺材上的小窗開啟。安納海姆露出來的臉，就在下一瞬間睜開眼睛。

「……無聊的惡夢……」

安納海姆在看到韋德與波羅的孩子們後，脫口說：

「枯焉沙漠裡不可能有我安納海姆不知道的生命存在。」

「很不巧，這可是現實喔，終焉神。我有點事情想要問祢，暫時在惡夢裡重現現實。」

我這句話令安納海姆蹙起眉頭。

「安納海姆，身為枯焉沙漠之主的祢反抗秩序，讓波羅的孩子們誕生——這個狀況是讓我如此推測的事由。」

深化神迪爾弗雷德投以彷彿在窺看深淵的神眼（眼睛）望去說：

「為何祢身為樹理四神，卻擾亂了秩序？」

「你想讓我安納海姆蒙受不白之冤嗎，該死的蠢貨？」

「永劫死殺闇棺」發出「喀答喀答」的聲響振動起來。

「枯焉沙漠的生命，就讓我在爬出這裡之後屠殺殆盡吧。」

闇棺慘叫似的嘎吱作響。明明就連如今這一瞬間都還在持續著死亡，該說真不愧是終焉神吧。

「好啦，就來確認這句話有多少是真的吧。」

棺材的小窗「啪答」一聲關上，讓安納海姆安靜下來。然後我控制「羈束項圈夢現」，

讓祂作了新的夢。

「……唔嗯，原來如此。我讓祂作了想要的夢的後續，不過祂在離開棺材後，就毀滅掉波羅的孩子們與這個水井了呢。」

迪爾弗雷德交握雙手陷入沉思。

「雖然掌管這個神域的是安納海姆，要說那個顧前不顧後的男人會演出這麼精采的表演欺騙我們，也讓人無法接受。」

「然也。你的意見有參考的價值。」

「波羅的孩子們只要躲進這個水井裡，就能讓安納海姆發現不到他們。也就是說，這裡有終焉神的神眼(眼睛)無法看穿的機關。」

「然也。」

迪爾弗雷德點頭同意。

「轉變會凌駕終焉。倘若是轉變神蓋堤納羅斯，這就是有可能的事。」

§ 18 【誕生神與轉變神】

樹冠天球——

蓋堤納羅斯演奏的轉變神笛音色，響徹在球狀的夜空之中。轉變神如歌唱般說：

「變換吧、替換吧。來吧，交換吧。宛如夜晚一般，有時彷彿陰晴不定的秋季天空。」

溫澤爾站著的巨大樹枝，在轉眼間化為樹葉飛散。樹冠天球的樹枝全數漸漸化為樹葉，讓祂失去了立足點。

「祢將會往天空墜落。啊啊，這片變化無窮的天空沒有盡頭，終點永遠不會到來。」

溫澤爾的身體往天空墜落。祂就像順從伊迪多羅艾德轉為激烈的曲調一樣，頭下腳上地落下。樹冠天球的四面八方全是天空，平時應該會通往枯焉沙漠或是大樹母海，但現在不論怎麼墜落都無法抵達。這是因為天空轉變，變得與原來截然不同了。溫澤爾的身體只能一直墜落，不停地加快速度。

「我的秩序是轉變。如果敵不過祢的秩序，只要轉變成敵得過的秩序就好。」

曲調再度轉變，這次演奏出讓人聯想到蒼鬱森林的音色。於是在蓋堤納羅斯眼前，飛散的樹葉漸漸變化為手杖的形狀，一把前端畫著螺旋的木杖形成。那個螺旋沒有起點，也沒有終點。

「怎樣啊～迪爾弗雷德的深化考杖博斯圖姆？是祢不擅長應付的秩序喲。」

當蓋堤納羅斯再度演奏起曲調，飛散的樹葉就接連變成螺旋之杖。一百把深化考杖博斯圖姆跟著溫澤爾一塊兒墜落，將祂的周圍團團圍住。

「是什麼來著啊？迪爾弗雷德擅長的那招？我想想，深淵……對對對，是深淵草棘。」

伊迪多羅艾德的音色充滿寂靜與靜謐。浮空的螺旋之杖畫出魔法陣，顯現出不用魔眼(眼睛)凝視就看不見的極小棘刺。

「好啦，歌唱吧。」

伴隨著逐漸高昂的曲調，一百根棘刺朝溫澤爾猛烈射出。儘管速度不怎麼快，然而在無法施展「飛行」的樹冠天球裡，喪失立足點的溫澤爾無法避開來自全方位的攻擊。

祂舉起紺碧之盾防禦，但是那些小棘刺輕而易舉地貫穿過去，刺穿溫澤爾的神體。

「沒用的啦～迪爾弗雷德曾經說過吧？那些棘刺會深深刺入萬物的深淵之中。」

「……說得……也是呢……」

溫澤爾被一百根棘刺貫穿神體，有點痛苦地回道。

「……不過，要有迪爾弗雷德那雙能窺看深淵的神眼（眼睛），才算得上深淵草棘……如果要借用祂的說法，就是在萬物的深淵裡，都存在僅此一點的要害。如果刺中那個要害，不論是如何渺小的刀刃，都能讓那個深淵瓦解……」

溫澤爾把手伸向自己的身體，一面畫著魔法陣一面說：

「即使像祢這樣隨心所欲地亂槍打鳥，也只能刺出小傷口。」

在將魔力注入魔法陣後，溫澤爾的腹部便淡淡發光，從那裡陸續冒出小棘刺。

「醒過來吧，我可愛的孩子。」

小棘刺在光芒的籠罩下化為種子，在破殼發芽後以驚人的速度成長，眨眼間就長成巨大的大樹。數十棵樹木在樹冠天球裡伸根展枝，開始將這片沒有盡頭的天空覆蓋起來。

「雖說是深淵草棘，追根究柢可是樹冠天球的樹葉。讓轉變的秩序進到我的胎內，是祢大意了，蓋堤納羅斯。」

眼看樹冠天球恢復成原本枝葉相疊的模樣。

「是這樣嗎～？不論多少次，我都會讓祢往天空墜落。這裡可是我的神域喲～」

蓋堤納羅斯再度將轉變神笛湊向嘴邊的瞬間，溫澤爾投出的紺碧之盾阿芙羅海倫就將神笛打飛了。

「……這樣行嗎？居然把重要的盾牌丟出去～」

蓋堤納羅斯把手伸向在空中飛舞的神笛。

「休想得逞！」

溫澤爾投出好幾根從身上拔出的棘刺。蓋堤納羅斯的右手儘管被這些棘刺刺中，卻毫不在意地用那隻手握住轉變神笛。然後，翠綠之風立刻進到笛中，演奏起曲調。

「真～是遺憾呢。祢想讓樹芽在我的體內成長吧？不過就跟祢看到的一樣。」

風從祂的體內倏地竄出，保護祂似的捲起漩渦。

「已經變回風除掉了喲。」

「除掉的，是祢轉變出來的深淵草棘對吧？」

溫澤爾倏地伸出指尖後，蓋堤納羅斯的表情就扭曲起來。祂被棘刺刺中的手臂上長出了樹芽。

「……呃啊……！」

蓋堤納羅斯咬緊牙關，朝伊迪多羅艾德吹氣。雖然演奏出平靜的曲調，樹芽卻從祂的手臂上越長越長，侵蝕著轉變神。

「……這是……祢……」

「沒錯。投出的棘刺之中，只有一根是我重新生出的。不論祢怎麼演奏曲調，新生的生命都不在祢的支配下。」

樹芽一下子就成長茁壯，穿出蓋堤納羅斯的手臂。

「……啊啊……唔……唔……」

樹根猶如要追求養分一樣刺進祂的神體。在將祂五花大綁後，樹根吸收起祂的魔力。神笛從蓋堤納羅斯的手上滑落，跟著被樹根纏繞起來。儘管祂抵抗了一會兒，途中卻像放棄似的倒下。

「啊～啊，是我輸了。真沒勁。」

轉變神不太認真地說。

「所以呢？祢打算把我怎麼樣？殺掉嗎？」

「我說過好幾次了，我不是淘汰神。我只是要請祢暫時安分一點。」

「還很難說吧～？唉～隨便啦。既然如此，反正閒著也閒著，我就哼著歌等著喲～」

縱然陷入絕境，蓋堤納羅斯還是說著輕佻的話語，然後真的哼起歌來。不知是因為被誕生神的樹根束縛，還是本來就沒有效果，那首歌沒帶有任何魔力。

溫澤爾或許察覺到蓋堤納羅斯沒有抵抗的意思了吧，祂鬆了一口氣。就在這時，花瓣翩翩落到了祂的身邊。

「勞澤爾。」

溫澤爾一出聲喊道，那片花瓣就變成農夫姿態的神——開花神勞澤爾。

「嚇了我一跳喔。還想說樹冠天球突然鬧得天翻地覆，原來是祢和蓋堤納羅斯打起來了啊。沒事吧？」

「我才要問祢有沒有事呢。淘汰神要是再次來襲就大事不妙了。祢將祢的神域移往大樹母海吧。」

『唔嗯，在這之前能請祢做件事嗎，溫澤爾？』

我以「意念通訊」向溫澤爾說。

「什麼事？」

『能就這樣幫我搜尋一下樹冠天球嗎？蓋堤納羅斯有可能對安納海姆的神域惡作劇，將火露奪走了。那裡說不定有什麼痕跡。』

「……對安納海姆的神域……？好的……這我當然無所謂，不過你對要搜索的場所有什麼頭緒嗎？」

『總之先搜索樹冠天球與枯焉沙漠的邊界吧。』

溫澤爾點了點頭說：

「勞澤爾，請在這邊稍等一下。要是淘汰神現身了，請立刻呼叫我。」

祂跳到從蓋堤納羅斯體內長出的樹木樹枝上。

「抱歉了，蓋堤納羅斯。我稍微借用一下祢的魔力。」

祂一用指尖畫出魔法陣，樹根就吸收蓋堤納羅斯的魔力，讓溫澤爾搭乘的樹枝開始成長

茁壯。

「唔哇……唔啊啊啊啊啊啊啊啊啊啊啊啊啊啊啊啊啊啊啊……！祢、祢果然想殺了我嗎～？」

「這點程度才不會死。祢是個乖孩子，請忍耐一下。祢是樹理四神吧？」

伴隨蓋提納羅斯的慘叫，樹枝一個勁地飛快成長，以要突破樹冠天球天空的氣勢，將溫澤爾送向那片天空的盡頭。不久後，能在一片漆黑的夜空中看到白煙飄蕩。那是從枯焉沙漠升起的火露之煙，彷彿熱靄一般朦朧飄蕩。

那些原本應當化為風吹向樹冠天球的火露，維持著煙的狀態緩緩盤旋，滯留在這一帶。

「……這是…………？」

溫澤爾一面露出不可思議的表情，一面讓樹枝朝那片煙霧伸去。在進到那片煙霧裡的瞬間，本來朦朧的景象變得清晰。那裡是宛如煙霧之城的內側，與大樹母海的極光神殿一樣，裡頭充滿無數的聖水球。雖然水球早就空了，火露之煙還是進到那些聖水球裡，啟動著某種魔法術式。

『明白嗎？』

「……這是奪走火露，產生出神的術式吧……」

擁有誕生秩序的溫澤爾，一眼就看穿了這一點。那些恐怕就是神的軍隊吧。不論是地上、地底，還是精靈界，都被祂們侵略了。也就是說，神的軍隊是從這裡送過去的。

「來吧。」

溫澤爾一拿起樹枝這麼說後，樹枝伸長的另一頭就一口氣縮短。伴隨著「嗚啊啊啊啊啊啊……！」的慘叫，轉變神連同樹根一起飛了過來。

「祢打從方才開始就有什麼毛病啊？就不能讓我好好哼歌嗎？」

蓋堤納羅斯雖然這樣抱怨，在看到眼前的聖水球後，就瞪圓了眼睛。

「請祢小心回答。蓋堤納羅斯，這是怎麼一回事？」

儘管遭人厲聲質問，轉變神只是茫然注視著眼前的景象。

「……為什麼……這種東西……會在我的樹冠天球裡……？」

蓋堤納羅斯露出驚愕的表情。

「這不是祢做的嗎？」

「我討厭無聊的問題。我可是樹理四神喔。只會守護樹理迴庭園的秩序，絲毫沒有理由奪走火露。比起我來，能在樹冠天球做出這種事的，就只有祢不是嗎，溫澤爾？」

縱然蓋堤納羅斯懷疑祂，溫澤爾就只是輕輕帶過。

「我也沒有理由做這種事。」

溫澤爾敞開雙手發出魔力。聖水球的水眼看著被祂吸收，一一消失。

「魔王阿諾斯，究竟是誰做出這種事的？」

『那麼──照常理來想，會是奪走德魯佐蓋多與艾貝拉斯特安傑塔的傢伙所為，只不過還不清楚那個人是誰。總之，先把蓋堤納羅斯帶來枯焉沙漠吧。安納海姆與迪爾弗雷德也在那裡。』

深層森羅有米夏與莎夏在搜索。等調查清楚後，也立刻把她們叫來吧。

「我知道了。那我就立刻——」

話說到一半，溫澤爾就像注意到什麼似的轉頭看去。在廣大室內的中央，有一道巨大的神門。溫澤爾將祂的神眼望向那道敞開神門的對面，祂能看到地上的天空。

「破滅太陽」莎潔盧多納貝已經缺了四成左右，日蝕的速度比想像中還要快。儘管這邊也一點一點地逼近真相，距離找到德魯佐蓋多與艾貝拉斯特安傑塔還有一小段距離。即使找到了，也不一定能用尋常方法將兩座城堡奪回。

畢竟是在我與米夏的面前奪走的嘛。看這情況，現在只能請雷伊他們爭取時間了。

§ 19 【圓桌議場】

蓋拉帝提，勇議會宮殿——

這裡是將過去蓋拉帝提王居住的王宮解體，搭建在其遺址上，提供議員們會談的場所。在設置於這座宮殿裡的圓桌議場裡，會進行各式各樣的討論，決定亞傑希翁的方針與政策，是現在蓋拉帝提的政治中樞。

不過，對於議會制這個嶄新的政治結構，目前還處於過渡時期，作為其核心的勇議會也沒有充分發揮機能。

「——所以正如我之前多次提到的！」

在圓桌議場上，艾米莉亞語氣激動地向議員們說：

「『聖刻十八星』無法封印『破滅太陽』！那麼做只會白白消耗勇者學院的人員與貴重的聖水！」

她懇切恭敬地說明了「聖刻十八星」與「破滅太陽」莎潔盧多納貝的事情。可是，負責為亞傑希翁做出決策的議員們，卻不肯改變要封死「破滅太陽」的方針。

「這不只是我，就連勇者學院全員，以及魔王學院的耶魯多梅朵教師與暴虐魔王阿諾斯．波魯迪戈烏多也持相同的見解。」

對於艾米莉亞的說法，議員們以各自的表情陷入沉思。

「只不過啊，艾米莉亞學院長。」

其中一名議員西瓦爾說。他是治理亞傑希翁其中一個聯邦國——羅格朗的王，長得一副居心叵測的樣子。

「我明白『破滅太陽』是我們應付不來的大魔法了。就算如此，妳的意思是說，肩負亞傑希翁的我們可以不做出任何對策，就這樣置之不理也無所謂嗎？」

「處理『破滅太陽』的對策，迪魯海德已經在進行了。將會由亞傑希翁的英雄——勇者加隆帶頭處理。這樣有什麼好擔心的嗎？」

西瓦爾嘆了口氣。雖然他彷彿在說她不懂似的搖了搖頭，卻沒有提出明確的反駁。

「羅格朗王，如果你有什麼意見——」

「過去的英雄——」

另一道聲音向艾米莉亞說：

「沒錯，是過去的英雄。羅格朗王想說的是這個吧？」

這麼說的人，是治理博特魯斯的王——恩里克。

「勇者加隆確實是神話時代的英雄，也深受民眾信賴。但我們是為了擺脫舊有的亞傑希翁，而設立這個勇議會。不惜捨棄王的身分，也要為了國家、為了廢止各式各樣的特權，而來到這裡——為了建立平等的社會。」

恩里克條理分明地說：

「象徵平等與公平的勇議會，因為他是過去的英雄就給予特別待遇不太好吧？」

「我的意思是他擁有力量，完全沒說要給予特別待遇。藉由勇者加隆，打破逼近國家的威脅；我沒有除此之外的其他意圖。」

艾米莉亞毅然地說完，另一名王——治理內布拉希里爾的卡泰納斯便說：

「我記得勇者加隆自稱雷伊・格蘭茲多利，目前正就讀魔王學院吧？他將來會成為治理迪魯海德某地的魔皇對吧？」

「你的意思是，那件事和現在有什麼關係嗎？」

艾米莉亞一問道，內布拉希里爾王卡泰納斯就平靜地露出微笑。

「聰明的艾米莉亞學院長應該知道吧？假如將這個殲滅『破滅太陽』的作戰全權交給勇者加隆，就會欠迪魯海德人情。」

「唔嗯，這樣一來，之後就會有點棘手呢。」

彷彿和他串通好，羅格朗王西瓦爾說道。

「你想說什麼會棘手？」

「好了、好了，艾米莉亞學院長。我明白妳的心情，請不要這麼激動。」

博特魯斯王恩里克責備她似的說。

「你才不明白。毫不遲疑地相信還有之後的你們，想要說明白我什麼？不論要用上何種手段，現在要是不在這裡讓那顆『破滅太陽』殞落，亞傑希翁說不定會從地圖上消失啊！」

羅格朗王西瓦爾呻吟般嘆了口氣。

「這我們已經聽過很多遍了。也理解由於那顆『破滅太陽』隱藏了魔力，因此我們無法察覺到危機。」

「不是隱藏了魔力！是魔力太過強大，所以你們感受不到！」

「詳細的差異怎麼樣都好，總之就是看不見魔力。」

艾米莉亞一副張口結舌的樣子。魔力是隱藏起來，還是太過強大而感受不到，狀況可是截然不同。後者意味著，光是感受到就很可能會死。

「亞傑希翁說不定會從地圖上消失，我們也是抱持這種程度的覺悟在面對這個難關。」

「……這種程度的覺悟？」

她一副想說，這才不是在說心態問題的樣子。

「恕我直言，都已經向三位說明這麼多次了，難道還不明白嗎？」

「不不不，我們當然明白啊。事態很嚴重，所以才無論如何都要讓勇者學院的『聖刻十八星』成功才行。」

艾米莉亞用力地咬緊牙關。打從方才開始，討論就像這樣一直毫無進展。

「妳似乎有什麼不滿呢，艾米莉亞學院長。看不見魔力、會施展出足以讓亞傑希翁從地圖上消失的大規模魔法攻擊，以及要投入勇者加隆擊破『破滅太陽』——我們也做出讓步，接受了妳的這些說明與作戰。我們不會要求迪魯海德不准插手，因此就算接受我方進行『聖刻十八星』，應該也沒問題吧？」

「……也就是說，就算『聖刻十八星』不管用，也沒關係對吧……」

艾米莉亞低聲說。她總算理解到雙方無法溝通的理由了吧。也就是他們雖然是自己人，至今為止都在互相試探。

「意思是說，只要讓人民認為：『聖刻十八星』對於讓『破滅太陽』殞落做出了貢獻，你們就滿足了嗎？」

「妳說得太過火了，艾米莉亞學院長。」

西瓦爾發怒似的說：

「光說漂亮話能拯救什麼？哪怕是紙老虎，那也是必要的。假如讓人民認為勇議會沒有能耐守護亞傑希翁的人民，國家可是會分崩離析。」

他交握雙手，靜靜地吁了口氣。

「儘管混了血，但妳畢竟不是純粹的人類呢。」

卡泰納斯喃喃低語。

「內布拉希里爾王。」

西瓦爾像在責備他似的出聲說：

「你也說過火了吧？她一直以來可是為了我們亞傑希翁盡心盡力，應該要視她為出色的夥伴，是勇議會的一員吧？」

「是我失禮了，真的非常抱歉。」

卡泰納斯這麼說完，向艾米莉亞低頭賠罪。在她開口之前，都沒有要抬頭的意思。

「……不會，這種事怎麼樣都好……」

「感謝妳的寬宏大量。」

卡泰納斯說。

「當然，我也能理解妳的立場。」

西瓦爾以委婉的說法向艾米莉亞說。

「因為我是魔族——」

「各位。」

在艾米莉亞開口的瞬間，至今一直在靜觀議論的會長洛伊德說：

「我們暫時休會吧。一小時之後再重開會議。」

一聽到這句話，西瓦爾等人就起身離開圓桌議場。也有議員一臉擔心地看著低頭不動的艾米莉亞，但在洛伊德的催促之下離開了室內。

「無法得到他們的贊同，對此我也無能為力。」

洛伊德過意不去地說。

「……這我知道……」

「妳也好好休息吧。」

留下這句話，洛伊德離開了室內。

羅格朗王西瓦爾、博特魯斯王恩里克，以及內布拉希里爾王卡泰納斯。正因為擁有廣大國土的三人捨棄王權、保證會成為一介議員，勇議會才具有意義、具有發言力。倘若沒有人率先退下王的身分，後續就不會有人追隨。轉換成議會制的事，就只會以痴人說夢作結吧。

勇議會是看不下腐敗的蓋拉帝提政治所發起的組織。不論是西瓦爾、恩里克，還是卡泰納斯都一樣。他們全是夢想著理想國度，而聚集到此地之人；但他們各自所希望的景象還是不同，也都有無法退讓的事物。

看在艾米莉亞眼中，理想就像遠在天邊一樣也說不定。

「……還真是諷刺呢……」

艾米莉亞對著掛在脖子上的「意念鐘」說：

「……這次因為不是人類，而遭到歧視啊……」

艾米莉亞注視著窗外。「破滅太陽」的日蝕已進行到四成左右。

「如果要混入半吊子的血，乾脆把我變成完全的人類不就好了？」

『這樣也許會要妳別管什麼魔族喔。』

「…………咦……？」

艾米莉亞經由「意念鐘」聽到阿諾蘇的聲音，因此嚇了一跳。

「阿諾蘇同學……？」

『不論是站在何種立場上，都有其不便之處。』

我與艾米莉亞經由艾蓮歐諾露連接著魔法線。即使是從神界，唯獨持有「意念鐘」的她，我能直接將聲音傳達過去。只不過基於當初交給她「意念鐘」的緣由，我無法以魔王阿諾斯的身分向她搭話就是了。

「真是的……又說得好像你很懂一樣。」

她微微綻放笑容。

「明明之前不管我怎麼呼叫，你都完全沒有回應……」

『抱歉，稍微有點繁忙。』

聽到我這麼說，艾米莉亞就板起臉來。

「……該不會，就連阿諾蘇同學也被派去討伐神的軍隊了……？還是說，你要跟雷伊同學他們一起對付『破滅太陽』……？」

『雖說還不知道會變成怎麼樣，但我無法眼睜睜看著故鄉被燒燬。阻止那個，是有能力者的責任。』

對於我的這句話，艾米莉亞緊咬下唇。

「……我要是有更多力量就好了……」

『就算哀嘆沒有的東西也無濟於事。』

艾米莉亞陷入沉默。

『也有只有妳才辦得到的事吧？就在那個戰場上大展身手吧，艾米莉亞。』

我一切斷「意念通訊」，艾米莉亞就呼叫我：「阿諾蘇同學？」

「……自顧自地說完就跑了……」

儘管她嘆了口氣，立刻又像改變想法似的抬起臉。

「……大概沒有餘裕慢慢聊天吧……迪魯海德那邊也一樣……」

艾米莉亞依舊板著一張臉，施展「飛行」從窗戶來到戶外。她或許在巡視城市的狀況吧，視野就像從上空觀察蓋拉帝提的樣子。在飛了一陣子後，能聽到從下方傳來的聲音。

「艾米莉亞學院長——！」

市區裡有一群人類正在揮手。艾米莉亞緩緩降低高度，降落到他們附近。接著，許許多多的人們聚集到她的身旁。

「我聽說蓋拉帝提附近出現了敵兵，不要緊吧？」

「是的。由於迪魯海德的援軍趕來，已經和他們聯手擊退來敵了。抱歉讓你擔心了，蓋拉帝提的防衛沒有問題。」

於是，人類們露出安心的表情。

「哎呀，太好了、太好了。聽到敵兵逼近到這種地方時，我還擔心會怎麼樣呢。」

「所以我不是說了嗎？只要交給艾米莉亞學院長，就沒問題啦。我們家兒子也叫我不用擔心喔。」

「是啊。龍群逼近的時候，也是艾米莉亞學院長幫我們擊退的，一般的士兵才不是她的對手吧。」

「真的呢。迪耶哥學院長的時候莫名其妙就要戰爭，但艾米莉亞學院長會像這樣到街上露面，讓人很安心呢。」

「啊啊，對呀。那件事，妳要不要問問看學院長啊？」

「可是……會不會多管閒事啊？」

「不會啦！只是問問又不用錢。」

看似主婦的女性們的對話，讓艾米莉亞感到疑問。

「請問妳們在說什麼啊？」

「沒什麼啦。瞧，勇者學院的學生們，目前正在聖明湖那邊為我們努力對吧？所以之前大家在講，要不要帶點什麼慰勞品過去給他們啦。」

「人家在工作，這樣不好意思啦。畢竟他們在施展能想辦法解決那顆詭異太陽的大魔法吧？而且啊，比起我們煮的東西，亞魯特萊茵斯卡的廚師會煮得更好吃吧。」

「別在意啦，他們正值發育期，只要量夠多就好！萊歐斯和海涅都能吃到像要撐死。還有別看雷多利亞諾那樣，他也很能吃喔。」

「就是說啊！他們可是在為我們保護蓋拉帝提，必須幫他們做點什麼我們能做的事情才行呢！」

「就說這樣會妨礙到大魔法，不行啦。」

「只要偷偷交給他們不就好了嗎！餓著肚子可使不出力氣啊。」

看來雷多利亞諾他們，在不知不覺中深受主婦層歡迎的樣子呢。朝著仍嘰嘰喳喳不停的她們，艾米莉亞苦笑著說：

「能準備慰勞品，很讓人感謝喔。我想學生們也會很高興。」

「妳看，所以我就說了不是嗎！就這麼決定了！」

女性們露出開心的表情。她們大概很想為挺身對抗蓋拉帝提危機的年輕人們做點什麼事情吧。

「那個，艾米莉亞學院長。妳這是受傷了嗎？」

一名女性一臉擔心地詢問。艾米莉亞衣服的袖子裂開，滲出了鮮血。

「沒事，這點小傷算不了什麼啦。只要放著不管，就會自己止血了。」

「不行啦，這怎麼行。身體可是重要的資產啊。就交給我吧。」

男人走過來，從包包裡拿出藥瓶。雖然微弱，但上頭帶著魔力。他將那個魔法藥倒在繃帶上。就他熟練的動作看來，應該是醫師或藥師吧。

「我可以施展恢復魔法。」

「不不不，怎麼能讓學院長用到寶貴的魔力呢！沒問題啦。別看藥瓶長這樣，這傷藥可是很有效的喔。就連在蓋拉帝提，也都是一級品喔。」

「是啊！如果是哥茲那裡的傷藥，可以安心啦！雖然長得醜，本事可是掛保證的喔。」

「這跟臉沒關係吧！」

叫做哥茲的男人一面這麼說，一面以剪刀剪開艾米莉亞的袖子，用傷藥與繃帶俐落地幫她治療。對艾米莉亞來說，這是輕微得讓她沒注意到就跑去參加會議的擦傷；不過在居民們的氣勢之下，只能任由他們擺布了。

「只不過，還真是讓人毛骨悚然的太陽呢。我從未見過這麼可怕的日蝕。」

「會變得怎樣啊……？」

「如果深邃黑暗不會再來就好了……」

「不用擔心啦。蓋拉帝提可是有艾米莉亞學院長與勇者們喔。」

「哈哈！說得沒錯。」

艾米莉亞把臉垂下。面對這樣的她，一位民眾說：

「不過老師，請千萬不要勉強自己喔。老師每天都在四處奔波工作，大家都在擔心妳什麼時候才會休息。」

「真的。要是現在艾米莉亞學院長倒下了，蓋拉帝提可就完蛋了呢。也不曉得勇議會在搞什麼鬼。」

「笨蛋！別說這種不吉利的話。」

頭垂得越來越低，艾米莉亞緊緊握住拳頭。她拚命隱藏滴落在手背上的淚水。

「沒問題的喔。」

艾米莉亞下定決心地說：

「不論是蓋拉帝提，還是亞傑希翁，我都絕對會守護住。」

§20 【淘汰神的真實身分】

枯焉沙漠——

我與迪爾弗雷德待在海市蜃樓的水井深處，一旁立著裝有安納海姆的闇棺，波羅的孩子們在綠洲裡互相潑水嬉戲。

「看來到了。」

迪爾弗雷德說。溫澤爾從階梯上飛來，身後是被樹根綁住的轉變神蓋堤納羅斯。溫澤爾一面讓蓋堤納羅斯飄在空中運來，一面降落在我們面前。

「讓你們久等了，阿諾斯、迪爾弗雷德。」

「久違了，溫澤爾。」

迪爾弗雷德一打招呼，溫澤爾就揚起淡淡的微笑。

「是啊。看祢也這麼有精神，真是太好了。」

「否也。我老是陷入思索，感到混亂。」

迪爾弗雷德看向波羅的孩子們。看到他們，溫澤爾果然也露出驚訝的表情。

「他們是取代枯焉沙漠的火露而誕生的孩子。」

溫澤爾的眼神凝重起來，陷入沉思。

「……為何樹理迴庭園會發生這種事……？樹冠天球也發生了類似的情況。火露被奪走，取而代之產生了神的軍隊。」

「就艾蓮歐諾露的調查，祢的大樹母海也有一樣的情形。」

我這麼說之後，溫澤爾就瞪圓雙眼。

「……這會是淘汰神做的嗎……？」

「總之先等等。差不多快到了。」

我這麼說完，兩名少女剛好從階梯上飛來。她們是莎夏與米夏，兩人降落在我身旁。

「我讓她們兩人前去搜索深層森羅了。枯焉沙漠、大樹母海，以及樹冠天球，位於達・庫・卡達德的三個神域裡，都存在會奪走火露的場所。深層森羅似乎也有什麼機關喔？」

「否也。我一直在窺視深層森羅的深淵。就算存在這雙神眼(眼睛)無法看到的場所，思考也會發現到異物吧。」

迪爾弗雷德以一本正經的語調說。我望向米夏她們，兩人就點了點頭。

「就跟迪爾弗雷德說的一樣，深層森羅裡什麼都沒找到。」

「還很難說吧～？也有可能只是妳們沒找到不是嗎？」

轉變神蓋堤納羅斯輕佻地說。米夏搖了搖頭。

「全都找過了。」

「……也就是說，只有深層森羅沒被設下奪取火露的機關嗎？」

對於溫澤爾的詢問，我點了點頭。

「在樹冠天球襲擊開花神勞澤爾並殺害眾神之人，與奪走火露、擾亂達．庫．卡達德的秩序之人，恐怕是同一個人物吧。難以想像在這個眾神的蒼穹裡，會偶然同時發生兩件擾亂秩序的主因。」

我將魔力送入「羈束項圈夢現」，讓安納海姆的夢境連上這個現實。闇棺的小窗開啟，祂睜開眼睛。

「在眾神的蒼穹，能干涉火露的神，只有樹理四神。」

我將視線望向終焉神安納海姆、轉變神蓋堤納羅斯、深化神迪爾弗雷德，以及誕生神溫澤爾，然後說：

「也就是說，奪走存在達．庫．卡達德的火露，毀滅掉樹冠天球眾神的淘汰神，就在這之中。」

一陣沉默襲來。在場只剩下波羅的孩子們天真無邪的聲音，毫無緊張感地響起。

「要這麼說的話～」

最先發難的是蓋堤納羅斯。

「迪爾弗雷德很可疑不是嗎？為什麼只有深層森羅裡沒有奪取火露的機關啊？難道不是因為祂唯獨沒在自己的神域裡構築奪取火露的魔法嗎？」

轉變神如風一般輕佻地說：

「像是為了避免被懷疑，所以刻意不設置之類的？」

「否也。我若是淘汰神，會讓人推測有在這個枯焉沙漠裡施展奪取火露的魔法。」

迪爾弗雷德以堅定的語調反駁。

「然而，終焉克制深化。這個深化神迪爾弗雷德的秩序，難以干涉枯焉沙漠的火露。即使真的能做到，也會立刻被安納海姆察覺吧。」

迪爾弗雷德轉頭看向生出波羅之子的綠洲。祂想說憑深化神的秩序，是不可能創造出這片綠洲的。

「唉～或許是這樣沒錯啦。那果然是祢吧，誕生神？就跟我最初預想的一樣，是祢生出了淘汰神。」

「誕生神確實有可能生出弒神之神。」

在迪爾弗雷德說道後，蓋堤納羅斯就咯咯笑了笑。

「看吧～」

「但要做出如此偏離秩序之事，就必須使用火露的力量。在祂離開樹理迴庭園之前，火露的流量並沒有變化。」

「也就是長年離開達・庫・卡達德的誕生神，沒辦法生出淘汰神。」

誕生神溫澤爾沒有能毀滅樹冠天球眾神的手段。而且也不認為跟我們一起來到達・庫・卡達德的祂，有辦法設置奪取火露的魔法。也一樣難以想像祂會是淘汰神。

我繼續說：

「此外，安納海姆也不是淘汰神。既然樹冠天球也被奪走火露，那祂就不可能做到這種事。因為轉變會凌駕終焉。」

說起來實在難以想像，能以掌管終焉的安納海姆的秩序，生出波羅的孩子們與神的軍隊。儘管在祂自己的枯焉沙漠裡或許有辦法做到，但在其他神域裡應該不可能；尤其在克制祂的樹冠天球裡更是如此。而祂那剛直的個性，也否定了祂是淘汰神的可能。

「哦～？那麼淘汰神是誰啊？」

「祢又是如何呢，轉變神？」

「我嗎？怎麼可能～我為什麼一定得做出這麼麻煩的事啊。」

蓋堤納羅斯輕佻地否定。

「要在自己的神域裡設置奪取火露的魔法很簡單。祢在樹冠天球裡成功構築了這種魔法——藉由讓自己的魔力轉變成誕生的秩序。」

「這我當然辦得到。只是不會做而已～」

蓋堤納羅斯沒怎麼動搖地說：

「誕生會超越轉變——大樹母海裡也有奪取火露的機關。雖然祢的秩序在那片海上派不上用場，但神域之主的誕生神溫澤爾長年不在；如果是在這種狀況下，祢就能將魔力轉變為深化的秩序，在大樹母海裡構築產出神的軍隊的魔法。」

深化優於誕生——如果是迪爾弗雷德的秩序，就能夠輕易干涉大樹母海。

「或許是這樣啦～」

蓋堤納羅斯毫不在意地說。我則繼續說明：

「轉變會凌駕終焉。同樣地，祢能在這個枯焉沙漠裡設置奪取火露的魔法機關。經由轉變神的秩序，火露受到轉變，誕生出名為波羅的人類。」

迪爾弗雷德、安納海姆，以及溫澤爾的神眼，聚集到轉變神蓋堤納羅斯身上。

「然而，只有總是一直在窺看深層森羅深淵的深化神迪爾弗雷德的神眼（眼睛）與思考，祢沒辦法騙過。」

就算轉變成終焉神的秩序，迪爾弗雷德的思考也會察覺到異變。

「所以，只有深層森羅的火露沒被奪走？你想說這全是我做的嗎？奪走火露創造出人類的小孩，產生出神的軍隊？為了什麼啊？」

「天曉得呢。不過就連笨蛋也知道喔。能在樹冠天球、大樹母海與枯焉沙漠，這三個神域裡設置奪取火露機關的神，除了轉變神蓋堤納羅斯之外再無其他。」

我明確地指向轉變神蓋堤納羅斯的方向。

「因此，淘汰神就是祢。」

直到方才還在嘻皮笑臉的蓋堤納羅斯，以凌厲的神眼（眼神）狠狠瞪來。祂全身充斥著如風一般的魔力。

我說：

「——韋德。」

轉變神瞪圓雙眼，轉頭看向後方。在我指著的方向、祂的正後方，是波羅的小孩——韋德。他一臉愕然地看了過來。

「這是什麼意思啊？」

蓋堤納羅斯問道。

「我應該說過，就連笨蛋也知道，只有祢能在三個神域裡設置奪取火露的機關。不覺得都自稱是淘汰神、隱藏起真實身分了，還會留下這麼顯而易見的形跡。能想到的可能性有兩種。不是祢是個笨蛋，就是有人想嫁禍於祢。」

「原來如此。你判斷祂沒有笨到這種程度啊？」

迪爾弗雷德說：

「我也同意你的見解。」

蓋堤納羅斯露出難看的表情。大概是因為不喜歡沒笨到這種程度的說法吧。

「假如有人想嫁禍蓋堤納羅斯，那傢伙就是在神域裡設置奪取火露機關的犯人——淘汰神吧。不過在眾神的蒼穹裡，只有樹理四神能干涉火露。」

我緩緩走向韋德。

「——假如是神的話呢。」

樹理四神、莎夏與米夏的視線集中在韋德身上。

「如果是人類，就一點關係也沒有了。不論是要干涉火露還是弒神，都有可能。因為人類沒必要遵守秩序。」

我停下腳步，韋德則站在數公尺外。為何要殺害神？為何要奪走火露？就算讓破壞與創造相等，也還是會接近毀滅的世界；以及直接在我的根源裡響起，那道混著雜訊的聲音。

這一切開始串連起來。恐怕在這個眾神的蒼穹裡，有個一直躲藏到現在的人物。不讓創造神米里狄亞、樹理四神，以及任何一位神注意到地一直躲藏著。從起始之日，到今天為止。不對，恐怕是從更久以前——

「偏離秩序架構的存在。你是不適任者吧，韋德。」

我的詢問讓他笑了。

在這瞬間，根源的深處響起雜訊。

——不。

「不對喔，大叔。」

伴隨混著雜訊的不快聲音，波羅的少年——韋德說：

「我是——」

——適任者。

「適任者啊。」

韋德揚起傲慢的笑容。

§21 【適任者】

「唔嗯，那就問那個叫什麼適任者的吧。」

韋德面不改色，正面迎上我的視線。雖說企圖曝光了，但他沒有做出像是變了一個人的表現。

與相遇時一樣，是宛如小孩般天真無邪的態度。

「你的目的是什麼？」

「這還用說嗎？是淘汰喔，不適任者大叔。」

韋德以不可一世的語調說：

「不適合世界的人要被淘汰。我們波羅是淘汰掉不適當的人之後，留到最後、被選上的孩子們。」

他毫不掩飾自豪地挺起胸膛，同時握起拳頭。

「外頭的世界有很多劣種吧？所以我想要趕快到外頭去。」

「你去到外面要做什麼？」

「當然是去淘汰弱得要死的人類、淘汰地底的陰險龍人，最後淘汰大叔的同伴魔族。然後，我將會藉此君臨世界的頂點喔。很厲害吧。」

韋德就像不明白淘汰的意思一般，以天真到殘酷的語氣說。

「你說了有趣的事。所以呢？這種戲言是誰灌輸給你的？」

「這種程度的事，我打從出生就知道了喔。因為我是作為這個世界的適任者出生的！」

韋德像個小孩一樣，愉快地大大張開雙手。

「就跟大叔說的一樣，奪走火露的人是我，殺害神的也是我。」

「……這是為了什麼？」

米夏一臉悲傷地詢問。韋德「嘿嘿」地笑了笑。

「妳就是創造神米里狄亞吧？」

大概是將米夏的眨眼視為肯定吧，韋德得意地繼續說：

「要我告訴妳嗎？雖然妳說生命沒有循環，但這是當然的事喔。因為生命要被淘汰。不論是火露的流量減少，還是神被我毀滅，全都是因為這個理由。只有一小撮適任的人能活下去，哪怕是神也一樣。這就是世界喔。」

「你錯了。」

米夏簡潔地反駁。

「那麼，為何我誕生了？就是因為不適任者大叔拚死拚活守護著無聊的和平，導致應該毀滅的生命沒有毀滅對吧？秩序因此被擾亂，讓我在神界誕生了啊。就像要我趕快去淘汰那些軟弱的傢伙。」

「哦？所以你就奪走德魯佐蓋多與艾貝拉斯特安傑塔了嗎？」

「是啊，沒錯喔。藉由莎潔盧多納貝的『終滅日蝕』，人們將會遭到淘汰。活下來的傢

伙，就算要當我的僕人也行喔。」

「終滅日蝕」嗎？他指的是莎潔盧多納貝正在地上進行的日全蝕吧。

「別開玩笑了。」

莎夏厲聲說道：

「快將德魯佐蓋多還來——在你嘗到苦頭之前。」

「妳就試試看啊，老太婆。如果毀滅我，妳就一輩子都不會知道德魯佐蓋多在哪裡喔？地上會全滅喔？」

莎夏剎時感到退縮。趁這一瞬間，韋德畫出魔法陣。

「怕了吧。要淘汰妳喔。」

風捲起漩渦。

「『淘汰暴風雷雪雨』。」

暴風纏繞著雷雲與雪。宛如暴風雨般的魔法波，要將她淘汰似的襲向莎夏。

「這傢伙……！」

即使用「破滅魔眼」凝視而去，然而「淘汰暴風雷雪雨」也沒有消失。縱然米夏以「創造建築」創造出冰盾，就連冰盾也被輕易貫穿。

米夏與莎夏跳開，避開那道淘汰的暴風雨。伴隨著刺耳的巨響，這個水井的內壁被剜了開來。不知到底被削掉多少距離，被挖出的洞穴無止境地延續下去。

「小子，不准動。」

低沉的聲音響起。枯焉刀谷傑拉米抵在韋德的脖子上，終焉神安納海姆逃出「永劫死殺闇棺」站在那裡。

「不好意思，因為事態緊急，所以我放出了終焉神。」

深化神迪爾弗雷德說。祂手上拿著畫著螺旋的杖子——深化考杖博斯圖姆。祂用這把杖子打破了「永劫死殺闇棺」。

居然能輕易打破堪稱銅牆鐵壁的闇棺，祂的力量非同小可。不對，這與其說是力量，不如說是神眼（眼睛）吧。祂大概以祂那雙「深奧神眼」窺看「永劫死殺闇棺」的深淵，看穿了這個魔法的要害吧。

「你啊，雖然擅自說著什麼淘汰不淘汰的～但我們可從來沒聽說過什麼適任者啊。」

轉變神笛伊迪多羅艾德演奏出曲調。蓋堤納羅斯也從誕生神的樹根中遭到解放，向韋德發出敵意。

「不論如何，奪取火露之人是違背秩序的存在，只會是眾神之敵。」

持起誕生命盾阿芙羅海倫，溫澤爾也與波羅少年對峙。

「你們還真笨呢。」

韋德看著將自己團團圍住的四位神笑了起來。一道魔法陣在他的面前畫出。

「你們秩序只不過是為了讓適任者（我）誕生的存在喔？」

轉瞬間，安納海姆的背後出現闇棺。那是我教他的「永劫死殺闇棺」。

「愚蠢的傢伙。就連不適任者都是靠出其不意，從正面的話，這種魔法對我安納海姆並不管用——」

假如是在蓋棺之前，要打破「永劫死殺闇棺」會相對比較容易。由於曾經被關過一遍，終焉神安納海姆看穿了這一點，想要以祂的臂力與魔力將闇棺粉碎。

然而祂辦不到。祂就像力量被封住地停下動作，眨眼間被吞進「永劫死殺闇棺」裡。

「……什麼…………！」

棺蓋闔上，安納海姆再次受到永劫之死的詛咒。

「嘿嘿～這也就是說，雖然是剛剛才請他教我的魔法，不過已經是我比較擅長了吧？我還真厲害呢！」

韋德一臉得意地說。迪爾弗雷德、蓋堤納羅斯，以及溫澤爾三位神像在戒備似的，擺出備戰姿勢。

「這就叫做青出於藍而勝於藍嗎？」

他那一臉狂妄的表情轉向我。

「喂，不適任者大叔是世界第一強對吧？世界第一強大叔的魔法，才剛出生的我就已經超越了，要是我成長了，不知道會變得有多厲害對吧？」

韋德倏地舉起手之後，火星就在上頭纏繞起來。那是火露之火。

「不過啊～因為我還是個孩子嘛～就算是不適任者大叔，也能勉強贏過成長前的適任者吧。這下可危險了啊。」

不知從何處吹來一陣火露之風，將他溫柔地包覆起來。火露之葉在那陣風裡飄揚飛舞，葉上還載著火露之滴。火、滴、風、葉，所有火露被韋德的身體吸收進去。

原以為頭上才剛嘩啦啦地落下沙子，天花板就突然崩塌垮下。不對，不只是天花板。立足地、牆壁，所有一切都開始崩塌。

「怎、怎麼了，突然就發生這種事？」

莎夏以魔眼（視線）朝周圍看去。

「……枯焉沙漠崩解了……」

米夏喃喃說道。

「……火露被奪走，無法維持住神域……」

韋德發出的「嘿嘿」笑聲響起。

「不只枯焉沙漠喔。樹冠天球、大樹母海，還有深層森羅也一樣。總算收集到必要數量的火露了。」

火星、風、樹葉，以及水滴。被這些遮掩起來的韋德，開始漸漸露出身影。紅色的長髮、高大的個子，以及健壯的體格。穿著彷彿王一般的奢華服裝，相當於成長為二十歲的韋德就站在那裡。

「登登！脫離危機！還真是遺憾呢，大叔。我長大了喔！這樣大叔唯一的勝算，就不見了呢。」

就像在確認長大後的身體一樣，韋德動著手指、轉著手腕，然後看向溫澤爾祂們。

「祢們樹理四神已經沒用了，就跟這個達・庫・卡達德一起淘汰掉吧。」

剎那間，一根小棘刺朝韋德飛來。

「唉呀。」

他用兩根手指輕易抓住那根棘刺。那是迪爾弗雷德的深淵草棘。

「只要毀滅你，樹理迴庭園的秩序就會恢復。」

深化神說。

「事情很簡單呢～如果火露是被奪走的，那麼只要奪回來就好了。」

轉變神接著說。

「你們在說什麼啊？樹理四神之中，最強的是安納海姆吧？」

韋德一副瞧不起人的表情說。對於這樣的他，誕生神溫澤爾平靜地回答：

「單體的話，說不定是這樣呢。」

轉變神、誕生神，以及深化神身上噴發出神聖魔力。就像要迎擊祂們一樣，韋德悠然地擺出架勢，發出有如暴風般的魔力。

「來啊。樹理四神與不適任者和他的部下，就全員一起淘汰掉吧——由我這個適任者韋德大人。」

莎夏露出「破滅魔眼」，米夏露出「創造魔眼」；所有人的魔力猛烈升起，充滿著水井，情況可謂一觸即發。

「唔嗯，抱歉在你們正起勁的時候打岔。」

我的這句話，使得現場的魔力動搖了一下。這是因為所有人都將注意力轉移了過來。

「即使打倒跑腿的傢伙，也無法避免達．庫．卡達德的崩解。這傢伙的目的只是要爭取時間。」

迪爾弗雷德祂們朝我看來。

「你說誰是跑腿的啊，大叔？」

「如果不是跑腿的，那就是走狗嗎？雖然你在說什麼適任者不適任者的，幕後黑手明明就是建立這個架構的傢伙。」

聽到我這麼說，韋德只是朝我擺出囂張的表情。

「你開始奪取火露，是在我抵達這個眾神的蒼穹的時候吧？為何不再早一點奪取？」

「沒什麼理由，因為我還沒出生啊？」

「你錯了。你是被連忙創造出來的──為了騙過我的眼睛呢。」

現場的氣氛充滿疑惑。此時最先開口的是迪爾弗雷德。

「目的是要隱藏什麼嗎？」

「是啊，沒錯。藏木隱於林，藏人隱於市；那麼你要隱藏的東西會是什麼呢，韋德？」

米夏眨了兩下眼後，恍然大悟似的喃喃說：

「消失的火露。」

「沒錯。火露打從最初就被奪走了。破壞與創造的秩序相等。儘管維持了平衡，世界卻總是一定會傾向破壞。在這個達．庫．卡達德裡，沒讓樹理四神察覺到，火露被一點一點地偷走了。」

樹理四神恐怕無法看穿這件事。不論是創造神米里狄亞，還是破壞神阿貝魯猊攸，神族都會因為祂們的秩序而無法察覺。

「然而只要我來到達・庫・卡達德，就不論如何都會察覺到吧。也就是為了避免被我察覺，才會突然開始奪取火露。」

我緩緩指向天空說：

「你要隱藏的事物不是別的，正是讓這個世界邁向滅亡的元凶。」

§22 【前往深淵之底】

沙塵飛揚，海市蜃樓的水井不斷崩塌。在火露被奪走、枯焉沙漠即將迎來終結之際，韋德咧嘴揚起狂妄的笑容。

「你猜錯了喔，不適任者大叔。我才不是什麼跑腿的，也不是某人的走狗。」

韋德倏地伸出手掌，在眼前畫起魔法陣。他那吸收掉火露的身軀，發出超越神族一般的強大魔力。

「而是君臨這個世界的適任者韋德大人啊！」

暴風纏繞著雷雲與雪，「淘汰暴風雷雪雨」朝著我筆直颳來。就在我為了迎擊這招，讓魔法陣浮現在魔眼上時，宛若雷電的激烈笛聲響徹開來。

「天空陰晴不定，宛若人心。」

雷鳴響徹，蒼綠閃電迎擊「淘汰暴風雷雪雨」。

「歌唱吧。詠唱吧。啊啊，謳唱吧。宛如風一般，有時彷彿晴天霹靂。轉變神笛伊迪多羅艾德。」

轉變神蓋堤納羅斯以祂的權能將笛聲化為閃電，擋下淘汰的暴風雨。蒼綠閃電與洶湧暴風的衝突，響起「滋滋滋滋滋」的刺耳巨響，使得崩塌中的水井加速化為沙塵。

「就憑弱得要死的雷，也想贏過我啊？」

當韋德彷彿用力抓住虛空一般注入魔力，暴風雨就變得更加強勁，漸漸吞沒蒼綠閃電。

「哈哈——！很厲害吧！本韋德大人要淘汰祢喔，雜魚！」

「轉變的根源，終將迎來誕生——」

平靜的聲音響起。

「——起始的一滴，終將化為池塘，形成萬物之母的大海吧。我溫柔的孩子，請醒來吧。誕生命盾阿芙羅海倫。」

誕生神溫澤爾舉起紺碧之盾。淡淡光芒才剛籠罩住蓋堤納羅斯發出的閃電，就漸漸化為巨人的模樣。雷巨人用雙手壓制颳來的「淘汰暴風雷雪雨」。

「要比力氣嗎？我才不會輸給人偶哩！」

韋德在猛然伸出一隻手後，暴風雨就越發強勁，以暴雪將雷巨人凍住，再以暴風撕裂。與此同時，他的視線一直在警戒我。

「誕生後，根源將會更加深化——」

彷彿在向手中的杖子默禱一般，深化神迪爾弗雷德說：

「旅人皆知曉螺旋森林……此處的葉片乃深邃的迷惘與膚淺的覺悟……不知盡頭、不知盡頭，你還不知盡頭。螺旋的旅人，永恆陷入的會是思考的終點嗎？從未抵達，宛若迷宮。深化考杖博斯圖姆。」

雷巨人的左胸冒出紅色樹葉。大概在仿照心臟吧，祂將紅色魔力輸送到巨人的全身上下。高度深化的巨人一把抓住「淘汰暴風雷雪雨」，猛然地推了回去。

「貫穿螺旋的乃是深淵之棘。」

迪爾弗雷德平靜地說，射出的深淵草棘刺中「永劫死殺闇棺」。那一招彷彿穿針引線一般，精準地刺穿術式的要害，使得闇棺四分五裂。

從棺材裡猛烈衝出的終焉神安納海姆襲向韋德。韋德讓劈下的枯焉刀谷傑拉米貫穿右手，藉此抓住安納海姆的手，封住枯焉刀的攻擊。

「魔王阿諾斯。」

迪爾弗雷德說：

「這個波羅之子，就由我們樹理四神壓制，你就前往奪走火露的元凶那裡。雖說拜託你於理不合……但懇求你。請你守護這個達．庫．卡達德，守護秩序。」

深化神迪爾弗雷德手持深化考杖，浮現「深奧神眼」說：

「……我所看不見的深淵之底，你已經看見了吧……」

迪爾弗雷德也明白大致的情況了吧。連同身為神族的祂，絕對無法抵達深淵之底這點。

「唔嗯，要當這傢伙的對手，祢們說不定會應付不來喔。」

「笑話，你這該死的不適任者。我安納海姆不會毀滅，反倒會讓他沒於終焉。」

就像要我快走一樣，安納海姆在全身纏繞上宛如沙塵的魔力，將枯焉刀朝韋德刺去。

「雖然要拜託你這個不適任者讓人很不爽，不過看樣子，現在不是在意這種事情的情況了呢～」

蓋堤納羅斯身旁聚集起翠綠之風。祂將神笛湊到嘴邊，一面注入風，一面吹奏神笛。在這瞬間，雷巨人發出紅與綠的閃電，崩塌中的水井完全倒塌下來。

我們被拋到沙塵飛舞的空間之中。

「快去吧，魔王阿諾斯。在這個達・庫・卡達德毀滅之前！」

溫澤爾大喊。

「假如這件事解決了，必須與祢們做個了結才行。」

我從全身放出魔力，畫著「飛行」魔法陣的同時說：

「跟我做個約定吧。有關人與神的將來，就讓我們以討論來決定。」

「我答應你。」

迪爾弗雷德以一本正經的表情這樣回答。

「走吧。」

我向莎夏與米夏兩人喊道，將魔力注入「飛行」的魔法陣裡。就在此時，米夏看向誕生

神的方向。

「溫澤爾。」

對於米夏的呼喊，祂以溫柔的表情回應。

「米里狄亞，我們樹理四神總算與祢同在了。」

米夏點了點頭。

「活下去。」

「——喂，大叔們。」

韋德一臉錯愕，將魔法陣輕輕握緊。

「你們打從剛才開始，就在說什麼啊？」

「淘汰暴風雷雪雨」激烈地捲起，三兩下就將雷巨人轟飛出去。

「嘿咻！」

韋德一腳踢住安納海姆跳開。

「別想逃——」

「笨蛋！看看背後吧。」

飛來的雷巨人從背後撞向安納海姆，將祂壓扁。

「哈哈——！你難道以為逃得掉嗎？我可是適任者韋德大人啊！」

他以「飛行」朝我筆直飛來。周圍響起令人毛骨悚然的聲音。那是谷傑拉米的嗡鳴聲。

「不論怎麼苦苦掙扎，你們所構築的都是沙上樓閣。」

聲音迴蕩，沙塵在韋德周圍捲起漩渦。就像要將我與他隔開，好幾座沙塔出現在那裡。

「深化的根源會沒於終焉。谷傑拉米的一聲，會使萬物崩塌、枯萎掉落。」

枯焉刀谷傑拉米刺在雷巨人身上。猶如要從轉變到誕生，誕生到深化，然後再由深化到終焉一樣，安納海姆將循環的那股力量聚集起來。那把炎刃巨大化到宛如高塔一般，燦爛地熊熊燃燒。

「沙上樓閣崩塌歸無，谷傑拉米一聲乃是終焉之跡。」

安納海姆吟詩般唸道：

「即使是擦傷一道，抵抗也會徒然閉幕。」

令人毛骨悚然的嗡鳴聲響起，沙之樓閣激烈搖動。

「埋沒枯焉——終刀谷傑拉米。」

變得巨大的谷傑拉米朝關住韋德的沙塔劈下。彷彿終焉一般，沙上樓閣化為沙塵崩塌。

「快走！」

一口氣解放魔力，我們宛如光矢一般上升。在崩塌的沙堆中逆流而上、撞破沙塵的天花板衝出水井後，我們來到面目全非的枯焉沙漠。

大地裂開，出現無數龜裂。地洞深不見底，沙子宛如瀑布般流入。不斷擴大的地洞，如今仍在不斷增加新的龜裂。這是因為失去火露、失去秩序之後，枯焉沙漠即將迎來終結。

「居然被毀得這麼嚴重。達．庫．卡達德是秩序的根本，這裡要是毀滅了，不知道眾神的蒼穹會變得怎麼樣呢。」

「現在是說這種風涼話的時候嗎！就算知道毀滅世界的元凶存在，必須找出他究竟在哪裡吧？」

莎夏慌張地說；米夏則以她的魔眼注視著枯焉沙漠。

「沒時間了。」

「別擔心，只要想想就知道會在哪裡。妳曾經說過吧，世界的魔力總量在持續減少。」

我飛在枯焉沙漠上說，米夏在一旁點了點頭。

「破壞與創造的秩序相等。儘管如此，如果無法對破壞進行相對程度的創造，魔力就有可能是在哪裡被奪走了。假如改用達・庫・卡達德的秩序來說，就是火露了吧。」

我環顧四周，注視起沙丘上的某樣事物——倒映著樹林影像的海市蜃樓。那是通往迪爾弗雷德的神域，深層森羅的入口。青翠的火露之葉與巨大樹林，眼看著枯萎死去。那個神域也即將迎來終結吧。我降落在勉強殘留的地面上。

「打從起始之日，火露就一直遭人奪取至今。不論是樹理四神，還是創造神米里狄亞，都沒能發現到火露減少的狀況。這是神族身為秩序所導致的盲點。」

我站在海市蜃樓前，以染成滅紫色的魔眼窺看其深淵。

「生命會誕生、逐漸深化，最後達到終焉，迎來轉變。如果要不被神族察覺地奪取魔力，那麼要在什麼時候？」

米夏眨了眨眼；莎夏則像在沉思似的，眼神凝重起來。誕生、深化、終焉，以及轉變。不論要在何時奪取魔力，掌管各階段的樹理四神都不可能不會發現。不管怎麼想，只要魔力減少了，前後的魔力量都會對不上。

然而——

「在達．庫．卡達德裡，存在著樹理四神的神眼所無法看見的領域。」

我踏出一步，將手伸進海市蜃樓裡。

「臨欲滅時光明更盛，以更盛之光克服燈滅。」

莎夏發出「啊……」的一聲張大嘴。

「因為瀕臨毀滅的根源，會增加魔力……？」

我點了點頭。

「會增加多少魔力，邁向毀滅的本人無從得知，因此奪走些許毀滅前增加的那份魔力。當然，在奪走的當下並不會發生任何事情。只不過，假如本來不該被奪走的魔力被奪走了，魔力就總有一天會在某個地方變得不足，根源消滅。」

在誕生之際、深化之際，終焉或是轉變之際產生的些許失常，最終或許會在某日帶來一個毀滅，因此破壞與創造無法維持均衡。

「迪爾弗雷德說過，這個海市蜃樓的對面存在夾縫，不是深層森羅，也不是枯焉沙漠的境界。但正確來說，那裡既是深層森羅，也是枯焉沙漠。」

深化的盡頭有終焉。既然如此，到哪裡為止是深化，從哪裡開始是終焉呢？恐怕是深化與終焉彼此重疊了，因此那裡既是深化，也是終焉。因為是在深化之後，所以魔力會超乎尋常地增強；由於是終焉的開始，所以脆弱地容易毀滅。

能看到深化盡頭的神族，應該只有深化神迪爾弗雷德。但因為是違反自身秩序的終焉，所以祂的神眼看不見那個夾縫；而終焉神安納海姆，則不具有能注視深淵之底的神眼。

「奪取火露之人利用了這個盲點。不對，恐怕打從最初，就將這個盲點安插在世界之中了吧。」

我跳進海市蜃樓裡，米夏與莎夏也尾隨在後。那是連一瞬都不到的短暫時間。臨欲滅時光明更盛，以更盛之光克服燈滅。假如是我至今經歷過無數次這個瞬間的魔眼，應該就能看出神界的深淵——這個達・庫・卡達德的更深處。而米夏與莎夏恐怕也行。

剎那間，我看到微弱的光芒，將手伸了過去。我的身體被耀眼的光芒所籠罩，然後眼前的景色突然改變。

是天空。無邊無際的雲海在眼前展開，我們的身體正在墜落。

「這裡是……？」

「樹理迴庭園的深淵之底？」

莎夏與米夏分別提出疑問。

在天空中，大量的火露宛如螢火蟲般翩翩飛舞，與我們一樣在往下墜落。

「看來是這樣呢。」

我朝下方看去，無數的神殿櫛比鱗次。後方有一座更加巨大的三角錐神殿，那裡有一道門。

門是敞開的。有如螢火蟲般的火露之光相繼被吸進門內。

只要用魔眼凝視，就能在門後看到魔王城德魯佐蓋多與神代學府艾貝拉斯特安傑塔坐鎮其中。在兩座城堡的更後方，「破滅太陽」莎潔盧多納貝與「創造之月」亞蒂艾路托諾亞互相重疊著，正在引發日蝕。

「找到了喔，米里狄亞、阿貝魯猊攸。」

我向曾身為神的兩人說：

「這裡就是世界的瑕疵。」

§ 23 【月亮與太陽與姊妹】

火露之光一面翩翩飛舞，一面自天空落下。這些火露被不斷吸入三角錐神殿的三角形大門裡。在那道門後，能稍微看到「破滅太陽」與「創造之月」漸漸重疊，日蝕正在進行的模樣。只要將眼前的景象與地上的狀況互相對照，就能輕易想像得到那是什麼樣的情形吧。

「沒看過的門。」

「也沒看過那個魔法文字呢。」

米夏與莎夏說。巨大門框上雖然畫著無數的魔法文字，但全都很陌生。如果擁有米里狄亞記憶的米夏不認識，應該就不是神族使用的文字了吧，但也不是地上的文字。

「雖然能明白德魯佐蓋多與艾貝拉斯特安傑塔為什麼會在那裡，為什麼就連『破滅太陽』與『創造之月』也都在啊……？」

我們一面警戒四周，一面飛向那個三角錐神殿。

「畢竟它們現在應該在地上的天空中吧？」

「門後。」

米夏指向三角形大門。

「空間的秩序很奇怪。」

「唔嗯，的確呢。在那個裡面，空間的位置看起來像是不固定的。應該是那道門的力量，給『破滅太陽』與『創造之月』兩個座標了吧。」

「……也就是在那裡的『破滅太陽』，也同時存在於地上的天空？」

莎夏說出自己的想法。

「應該是這樣沒錯。簡單來講，就是『破滅太陽』本身成為連結眾神的蒼穹與地上的神界之門，所以能同時存在於兩個地方。」

如果是破壞神與創造神的力量，應該能從這裡直接讓「破滅太陽」與「創造之月」浮現在地上的天空中。為何要做這麼拐彎抹角的事？是為了直接注入火露之力才這麼做的嗎？

不對，這也許是……？

「是為了讓『破滅太陽』與『創造之月』移動嗎？」

米夏眨了兩下眼。

「要避免從地上防止『終滅日蝕』？」

「沒錯。只要在日蝕前越過破壞的天空，就能讓『破滅太陽』殞落。然而，只要有那道門的力量，就能將『破滅太陽』移動到地上的任何位置吧。」

只要以那個魔法術式給予不同的座標就好。也就是才剛捨命逼近「破滅太陽」與「創造之月」，就會被敵方巧妙地逃走。

「『森羅萬掌』。」

我畫出多重魔法陣，讓穿過去的雙手染成蒼白。我把手伸向門後，此時右手微微燒起，左手微微凍住。我一點也不在意地使出渾身力道。

「——唔嗯，移動不了了嗎……」

不論相隔多遠，「森羅萬掌」都能碰觸到，但是城堡、太陽和月亮連動都不動一下。應該是門的魔法術式，控制住內部物體的座標，固定在那裡了吧。沒辦法強行移動。

「這樣只能進去裡面，把德魯佐蓋多與艾貝拉斯特安傑塔搶回來了吧……？只要搶回來，應該就能阻止『破滅太陽』與『創造之月』了。」

莎夏早我一步降落在三角錐神殿上，窺看門後的情況。降落在她身旁的米夏問：

「要怎麼做？」

假如不知道德魯佐蓋多與艾貝拉斯特安傑塔失去控制的理由，要想奪回來，或許不是一件簡單的事。魔王城德魯佐蓋多是在我支配之下的固定魔法陣。儘管如此，就連在這種距離下都還是不聽使喚。

「退開吧，米夏、莎夏。」

「等等……你那是……！」

莎夏與米夏連忙跳開。飄浮在上空的我，使勁握住凝縮在右手上的紫電。我將右手朝向三角形大門，以灑落的紫電畫起十道魔法陣。無數的紫電奔馳，魔法陣與魔法陣互相連結，在眼前形成一道巨大的魔法陣。

「『灰燼紫滅雷火電界（rabuia gu gabueriizudo）』。」

我發出的紫電魔法陣，連同三角錐神殿將大門一起覆蓋起來。壓倒性的破壞閃電直奔而出，震耳欲聾的雷鳴聲轟響開來。世界激烈震盪，將周圍染成一片紫色。不絕於耳的毀滅之聲響徹四方，最後閃光平復下來——

「哦？」

「……騙人……的吧……？」

儘管受到「灰燼紫滅雷火電界」直擊，三角錐神殿仍然保有原形。不過，最讓人驚訝的，還是那道門吧。三角錐神殿變得焦黑，在紫電的貫穿之下，被破壞掉約兩成左右。可是，儘管那道門多少有點焦黑，卻幾乎毫髮無傷。即使再轟兩發左右就能破壞掉神殿，這道門也不會有事。

「真是奇妙的門呢。這麼堅固的東西，是為了何種目的製造的？」

看起來相當古老，不是為了防備我而製造的。只要破壞掉這道門，就能讓城堡移動，再不濟也能讓「破滅太陽」與「創造之月」從地上消失吧。如果有帶萬雷劍過來就好了嗎？倘若是「極獄界滅灰燼魔砲」，會連同神界一起毀滅掉。還是放棄破壞會比較明智吧。

就在這時，響起「嘎砰」一聲。

「門要……？」

由於門緩緩關起，莎夏大叫。控制位置秩序的不是神殿，而是那道門。在門關上後，就算破壞掉神殿，德魯佐蓋多與「破滅太陽」恐怕也不會在那裡了吧。

「阿諾斯。」

「我知道。」

我以蒼白的「森羅萬掌」雙手使勁抓住正要關上的門，發出「嘎吱嘎吱」的聲響將其強行拉開。儘管門要關上的力道非常強勁，卻也不是無法阻止。

「『淘汰暴風雷雪雨』。」

暴風雨從上空颳來。纏繞著雷雨與風雪的淘汰暴風雨，將我的身體吞沒、撕裂開來。

「哈哈——！」

伴隨著狂妄的笑聲，波羅男子——韋德從上空降落下來。並非神族的他，大概也有辦法來到神界的深淵吧。

「這是趁你移不開雙手時轟出的一擊喔。怎麼樣啊，我的作戰很厲害吧！」

「以作戰來說還真是粗糙呢。」

暴風雨過去，視野變得開闊。儘管我的身上受到了傷害，還是以「森羅萬掌」穩穩抓著門扉。

「咻咻——！很行嘛。即使受到『淘汰暴風雷雪雨』襲擊也沒有放手，還真厲害呢。」

「樹理四神怎麼了？」

他得意地笑了笑，做出用拇指割開喉嚨的動作。

「我淘汰掉了喔。既然敢反抗我，這也是當然的吧？」

我在眼角餘光瞥見米夏露出凝重的表情。將樹理四神毀滅了嗎？與溫澤爾連接的魔法線儘管在那場戰鬥中斷掉了，但艾蓮歐諾露所處的極光神殿仍然存在。假如樹理四神毀滅了，祂們的神界——達・庫・卡達德似乎也會瞬間毀滅的樣子，卻沒有那種跡象。果然就跟我推測得一樣嗎？

「大叔，把手放開吧。你也沒有腳對吧？這是要跟我打啊。下次可是會死喔？」

「憑你是辦不到的，走狗。」

我這樣回覆後，韋德就以狂妄的魔眼（眼神）瞪來，同時身上散發出龐大的魔力。

「會死的可是你喔，小笨蛋。」

莎夏的「破滅魔眼」粉碎掉纏繞在韋德身上的反魔法。在這一瞬間，米夏的「創造魔眼」亮起，上空飄浮著她所創造的模擬魔王城德魯佐蓋多。

「冰晶。」

反魔法遭到封殺的韋德，從手的前端漸漸蔓延到身上，被重新創造成冰晶。米夏與莎夏為了加強魔眼的力量，從神殿朝韋德飛去。

失去右手肘前端的他，卻露出狂妄自大的笑容。

「很煩耶！這樣不可能有用吧！」

暴風雨從逐漸變成冰晶的手上颳出。

「要淘汰妳們喔，雜魚們。」

「淘汰暴風雷雪雨」襲向兩人，切開她們的反魔法，撕裂著身軀。

「……阿諾斯……將我們…………！」

莎夏被颳走的同時大喊。她們兩人被狠狠地砸在三角錐神殿上，撞毀外牆。

「你在看哪裡啊？」

在這瞬間逼近到眼前的我映入視野，使得韋德瞪圓了眼。我以事先發出的「獄炎殲滅砲」作為魔法陣，在腳上纏繞起「焦死燒滅燦火焚炎」。

「沒用的……啦……！」

韋德以左手牢牢擋下閃耀黑炎的一腳。儘管手掌被燒得焦黑，意外地無法將他燒成灰燼的樣子。

他以「總魔完全治癒」讓右手瞬間再生。緊接著——那裡聚集起龐大的魔力。

「就讓你見識見識適任者韋德大人的實力吧。可是會嚇死你喔。」

暴風雨以伸出的右手為中心捲起漩渦。異形之爪——厚重硬化的手臂與脹大起來的手掌——彷彿撕裂這道暴風雨一般出現，指尖前端就像劍一樣銳利伸長，長著五根爪子。

「『淘汰魔爪』。」

那道明晃晃的爪子，宛如閃光般朝我的左胸揮出。我立刻伸出左手，疊上「四界牆壁」、「焦死燒滅燦火焚炎」與「魔黑雷帝」。我沒有從正面擋下「淘汰魔爪」，而是抓住硬化的手腕部分避開這一招。

「嚇到了吧？這樣你能拯救地上的手段就沒了喔？」

韋德笑了笑。我為了防禦「淘汰魔爪」使用了左手，無法牢牢抓住門扇，使得大門關上了。他大概想說我已經沒辦法阻止「終滅日蝕」了吧。

「你難道以為只要放開手，我就沒手可用了嗎？」

在我將「根源死殺」的右手刺向韋德的心臟後，他為了避開這一招而退開。

「『獄炎殲滅砲』。」

我畫起魔法陣，胡亂射出漆黑太陽，並且接二連三命中，逐漸削弱韋德的反魔法。

「嘖……！」

暴風雨以韋德的身體為中心捲起，將「獄炎殲滅砲」彈開。他儘管防備著我，還是朝背後看了一眼。突然間，他的表情變得扭曲。或許是注意到米夏與莎夏不見了吧。

「大叔……你把那兩人藏到哪裡去了……？」

「這稍微想一下就知道了吧？當然是在那道門中。」

我這麼說完，韋德就立刻轉身。

「打開！」

當門再度開啟後，能在門後看到莎夏與米夏的身影。她們分別用指尖碰觸著德魯佐蓋多與艾貝拉斯特安傑塔。

「阿諾斯……！讓我……！」

「准。就將神體還給妳吧。」

兩人畫出足以覆蓋住自己與城堡的巨大魔法陣。

「『魔法具融合(jie izemu)』。」

光芒籠罩兩座城堡與姊妹兩人。她們與城堡的輪廓晃動起來，米夏與莎夏就像溶入水中般與城堡合為一體。這是以前七魔皇老艾維斯．涅庫羅用來與「時神大鐮」融合的魔法。雖說轉生了，那原本是跟自己相同的存在。這份聯繫沒有完全切斷，只要融合了，應該就能取回原本的力量。換句話說，她們能控制住浮現在那裡的「破滅太陽」與「創造之月」的可能性很高。

「哪會讓妳們得逞啊！要是輕舉妄動——」

韋德正要朝大門筆直飛去，就被我的右手從背後貫穿身體。

「不准再次移開視線。你以為自己在誰的面前？」

「——唔嘎……！你這……我要淘汰你，唔啊……！」

在我將指尖刺得更深之後，他就吐出一灘鮮血。

「你所謂的淘汰，或許是弱肉強食吧，但這是過時的思想了呢。這個和平的時代，所希望的是適者生存。」

「……你……你、這……」

「也就是說——」

我將「焦死燒滅燦火焚炎」疊在「根源死殺」上，從身體內側灼燒著韋德。

「在這世上會被率先淘汰的，即是無法適應我的蠢貨啊。」

§24 【世界的齒輪】

韋德的身體眼看著化為灰燼、崩塌下來。在閃耀黑炎的手抵達根源、將根源燒燬的瞬間，「淘汰暴風雷雪雨」以他的身體為中心捲起。他大概打算撕裂我的身體，逼我放手吧。

「你以為這點攻擊就能將我幹掉嗎！波羅可是新的生命喔！你們魔族明明注定要被我們淘汰……！」

「注定？咯哈哈。等你淘汰之後再說吧。」

我將指尖更加地往體內伸出，疊上「魔黑雷帝」。黑雷化為利刃，我以這三道魔法的威力狠狠地貫穿他的根源。

「……唔……啊……！」

「雖說是適任者，但你的力量還不完全。就我看來，波羅本來預定在秩序所規定的破壞盡頭誕生。但是我讓破壞神殞落，奪走了破壞的秩序，結果讓人類與魔族繁榮起來，導致能讓你們誕生的空間消失了吧。」

沒有破壞，就沒有創造。這讓預定要誕生的波羅這個種族，沒辦法自然地誕生。

「你、這──傢伙！放開我──……！」

「淘汰暴風雷雪雨」颳起，撕裂著我的身體。我以「破滅魔眼」瞪向暴風雨減輕威力，將右手更加地壓進根源裡。

「……嘎啊……」

「你是秩序為了維持平衡而強行生出來的，所以離本來的力量相差甚遠。」

韋德口吐鮮血，紅色的血漬汙染了嘴角。他揚起傲慢的笑容。

「……嘿嘿！」

在這瞬間，魔法陣在我身上被描繪出來，一副闇棺出現在背後。在「永劫死殺闇棺」將我吞沒的瞬間，他消除右手的「淘汰魔爪」，將那個魔爪移到了左手上。

我對刺出的「淘汰魔爪」提高警戒，韋德就朝我踢來。即使擋下這一腳，他仍然順勢將我狠狠踢開，讓刺進體內的指尖拔出。轉瞬間，漆黑粒子就像要形成棺蓋似的畫出十字。

「笨蛋！不完全？離本來的力量相差甚遠？才不是哩。是我方才都在放水啊！」

儘管我從內部敲著棺材，意外地紋絲不動。

「這一切都是為了要用大叔教我的這個『永劫死殺闇棺』殺掉大叔啊。雖然沒想到居然這麼簡單，我果然很厲害嗎？因為我可是以不適任者大叔為對手，還在放水後把人玩弄在股掌之間喔？」

韋德以開心的表情朝我看來，然後就像在表示自己很能幹一樣，用手指敲了敲腦袋。

「畢竟是那樣吧？不適任者大叔不會毀滅嘛。要是隨便弄傷你，讓格雷哈姆的虛無跑出來，會很麻煩啊～」

「唔嗯，看來你稍微有在動腦呢。」

「你在裝什麼從容啊，大叔？你已經逃不了了喔？我韋德大人的『永劫死殺闇棺』比大叔的還要強大。畢竟就連安納海姆，都能那麼輕而易舉地關起來呢。」

我發出「咯哈哈」的笑聲。

「你這句話是認真的嗎，走狗？」

「因為大叔必須做一堆麻煩的事，才有辦法把安納海姆關進『永劫死殺闇棺』裡吧？適任者韋德大人我可不需要這麼做喔？」

韋德這麼說完，便以囂張的眼神看來。

「只不過啊～瞧你裝模作樣地說什麼『無法適應我的蠢貨』，結果卻是這副德性呢。三兩下就被自己教的魔法關了起來。噗噗噗，大叔。你丟不丟臉啊～？」

韋德緩緩飛來，隔著魔法屏障把臉貼近。他就像在誇耀勝利地說：

「喂，只要你肯說『拜託你，韋德大人』，就算要我讓你瞧瞧地上的垃圾們被淘汰掉的瞬間也行喔？這可是出血大放送喔。」

「深化神說過，世界對神來說似乎是劇場的舞臺，那你就是在經營者的偏袒下拿到主角位置的吧。儘管演出的角色非常優秀，演員本身卻是三流的呢。」

我這麼說完，韋德就愣了一下。

「……什麼嘛？你是不服輸嗎？雖然聽不懂你在說什麼，要是太瞧不起人，我現在就淘汰你喔？淘汰掉窩囊的大叔喔？」

「咯哈哈，就是在說你這一點啊，韋德。要明白自己有幾兩重啊。」

他一臉像是被激怒的樣子，在指尖上注入魔力。

「我說過了別瞧不起人吧？永別了，不適任者大叔。我會特別幫你把痛楚加強一百倍！是大放送喔！」

十字狀的粒子擴散開來，化為闇棺的棺蓋。在這瞬間，永劫之死的詛咒發動了。

「哈哈——！雜魚！這個不適任者大叔還真是個雜魚啊！真的只有嘴巴很會說呢！哈哈哈——！」

「哐啷」一聲，闇棺彷彿玻璃碎裂般粉碎四散。

「……啥？」

將「永劫死殺闇棺」破壞掉的漆黑火焰化為鎖鍊，要將韋德綁起一樣地纏繞上去。

「唔……這傢伙……為什麼……！」

「『永劫死殺闇棺』是將捕捉到的對象殺害，以對象的死亡作為魔力源，讓詛咒與棺材的守護永遠持續下去。換句話說，就是在最初要殺害的瞬間，有守護會變得薄弱的缺點在呢。看是要綁起來、削弱，還是不讓對象察覺到這一點很重要。」

韋德儘管在聆聽我說話，還是將魔力集中到左手的「淘汰魔爪」上。唯獨那個爪子，讓人不得不去警戒。

「我的『永劫死殺闇棺』可不一樣喔？」

「你是這麼想的嗎？」

我以「獄炎鎖縛魔法陣」畫出的魔法陣創造出「永劫死殺闇棺」。

「看招！」

韋德將左手往上揮出，以「淘汰魔爪」刺向闇棺。在這瞬間，「永劫死殺闇棺」就像被漩渦吞沒一般消失。

「就說沒用──」

他的左手連同「淘汰魔爪」一起被砍斷，從肩膀開始都飛上了天空。那是我以聚集著「根源死殺」、「魔黑雷帝」與「焦死燒滅燦火焚炎」的指尖砍斷的。

「笨蛋，這邊是誘餌──」

韋德將「淘汰魔爪」移到刺出的右手上。然而，他辦不到。因為我在這之前砍斷了他的右手。

「──這、點傷，我立刻就……？」

「總魔完全治癒」就算聚集到手臂的斷面處，獄炎鎖也立刻將那裡纏住，把他綁了起來。即使想讓手臂長回來，也會被層層纏繞住斷面處的「獄炎鎖縛魔法陣」阻止。

「唔嗯，看來無法從腳上長出爪子呢。」

「淘汰魔爪」是手部專用的魔法吧。以術式結構來說，就算要對應其他部位，也無法發揮出本來的威力吧。

「好啦，韋德。」

我在被緊緊綁住的他身上畫出魔法陣。

「我跟你的『永劫死殺闇棺』並沒有太大的差別。儘管如此，你能輕易地將安納海姆裝進闇棺裡，你覺得這是為什麼？」

「獄炎鎖縛魔法陣」發出「咯吱咯吱」的聲響。這是因為他發出魔力，想要扯斷鎖鍊。

我將「四界牆壁」疊在獄炎鎖上，更加束縛住他的魔力。

「……因為我是適任者……」

「正確答案。」

我這麼回答後，他就瞪圓了眼。大概是因為沒想到我會同意他吧。

「因為你被這個世界的秩序認定為適任者。」

「嘖……！」

即使「淘汰暴風雷雪雨」的魔法陣相繼冒出，我也在魔法發動之前，以「破滅魔眼」將術式瞪滅了。

「神族無法違抗秩序。即使是擁有愛與溫柔的米里狄亞，要將祂所創造的安妮斯歐娜託付給溫澤爾就竭盡全力。阿貝魯猊攸也一樣，假如沒有轉生，就無法逃離破壞的宿命。」

對於我這番話，韋德只是「咯吱咯吱」地咬牙切齒。

「為何神族無法反抗秩序？如果神族就是秩序本身，就根本不可能萌生出愛與溫柔。不對，說到底，神族真的沒有愛與溫柔嗎？」

我讓魔法陣充滿魔力，闇棺出現在韋德的背後。

「比方說，假如是被人消除掉的話呢？假如是被人扼殺心靈，埋入操控秩序的齒輪的話呢？神族就會遵從那個齒輪行動吧。儘管如此，依舊不包括沒有失去愛與溫柔的特定眾神不是嗎？」

神族本來有心。然後，有人奪走了祂們的心。

「也就是說，這個世界存在掠奪者。那傢伙奪走神族的心、偷走火露、搶奪魔力，然後掠奪性命。最重要的是，他奪走了世界的真相。」

黑暗粒子形成十字，以魔法屏障覆蓋住「永劫死殺闇棺」。

「讓神族看起來像在遵從秩序、讓神族以為自己是秩序本身，實際上祂們是被迫遵從掠奪者的齒輪。所以米里狄亞才會在兩千年前，趁我轉生之際奪走記憶。祂的目的，大概是不想讓我找到這裡吧。」

「這種、程度，我是……！我適任者韋德大人是……！」

韋德想以頭錘破壞「永劫死殺闇棺」，卻只是發出吵雜的聲響。

「能在我與米夏的面前奪走德魯佐蓋多與艾貝拉斯特安傑塔也是因為這個理由。轉生後的米夏與莎夏成為了魔族；也就是說，掠奪者的齒輪，留在被分離的神體那邊。」

掠奪者利用那個齒輪，控制住兩座城堡，就連現在也是如此。然後，他在地上引發「終滅日蝕」。

「你很煩耶！打從方才就在胡說八道些什麼啊？」

我冷冷地注視著搞錯狀況而大叫的韋德。

「別插嘴，敗犬。我沒在跟你說話。」

在被我隨口打發掉後，韋德露出呆愣的表情。

「……什……什麼，你說誰是敗犬啊……！你、你以為我是誰啊！我可是適任者——」

「就叫你別吠了。」

「永劫死殺闇棺」的棺蓋蓋上，讓永劫之死襲向了他。闇棺裡傳來「嗚、嘎啊啊啊啊啊啊啊啊啊啊啊啊啊啊啊啊」的慘叫聲。

「安納海姆可是連吭都沒吭一聲。」

我朝「永劫死殺闇棺」注入魔力，逐漸提高棺材的隔音效果。韋德的叫聲漸漸遠去，最後完全消失了。

「你的走狗就如你所見。好不容易才造出的什麼適任者，想要我還你的話就現身吧。」

恐怕他本來沒有名字。就算來到眾神的蒼穹，照理說應該也找不到那傢伙。因為他是絕對不會被發現到的存在。不過，注意到這個世界有什麼奇怪的那個男人、除了我以外的不適任者，幫他取了名字。

——為了揭穿他的真實身分。

「不該存在的神族之王，『全能煌輝』艾庫艾斯。」

§ 25　【艾庫艾斯】

眾神的蒼穹——其深淵之底瀰漫令人毛骨悚然的烏雲。視野在眨眼間變得黯淡，附近一

帶的空氣停滯下來。緊接著，一部分的烏雲開始閃耀，圓形之光倏地照在三角錐神殿上。

「轟、轟、轟轟轟」的重低音撼動大氣，連眾神的蒼穹也為之震撼。將近數十位神族程度的神聖魔力，從那道光之中散發出來。

「掠奪者的齒輪就埋在全體神族之中。掠奪者藉由轉動那個齒輪，創造出至今為止都只會遵從秩序的神族。可是做出這種假定的不適任者格雷哈姆，沒能發現那個齒輪。」

就連那個神族，也從未注意到自己被埋入了齒輪。假如就連奪走我父親——賽里斯・波魯迪戈烏多頭部的格雷哈姆，都無法以魔眼發現到，那就是相當隱密的存在。

「因為發現不到，所以感到更不可思議了吧。也許齒輪與秩序完全地合為一體，為了不讓活在這個世界上的我們察覺到地融入進去。他懷著這種想法，對此產生了興趣。於是，他開發用來逼近掠奪者存在的魔法。」

格雷哈姆曾經說過，他想試試看能不能創造出「全能煌輝」艾庫艾斯，很在意世界的深淵裡究竟有什麼。隱藏在平時的戲言之中的這些話，說不定是他的真心話。

「在選定審判中，毀滅掉的神會以盟珠戒指保存其權能，讓秩序不會受到擾亂。而戰勝到最後的代行者，將會獲得選定神的力量——吞噬掉參與選定審判的眾神，擁有複數秩序的那股力量。」

格雷哈姆盯上選定審判的機制。

「他以『母胎轉生』與狂亂神亞甘佐的力量改造調整神，改寫了祂的秩序與選定審判的內容。毀滅掉的神，其力量不是聚集到盟珠戒指，而是霸王碧雅芙蕾亞所懷的胎兒身上。」

在那場戰鬥中，眾多的神毀滅了。水葬神亞弗拉夏塔、魔眼神傑尼多弗克、結界神里諾羅洛斯、狂亂神亞甘佐、福音神杜迪雷德、暴食神蓋魯巴多利翁，以及痕跡神利巴爾修涅多。說不定在我無從得知的地方，也有神毀滅了。之所以增加選定者的人數，也是為了要召喚出更多的神，讓祂們毀滅吧。

「將眾神的力量聚集到一處，不該存在的『全能煌輝』艾庫艾斯就會誕生。但是對格雷哈姆來說最重要的，並不是艾庫艾斯的全能性。」

對於不適任者的格雷哈姆來說，讓艾庫艾斯誕生可謂是自殺行為。儘管如此，他還是想要知道。

「眾神以全體構成一個秩序。掠奪者的齒輪操控著每一位神。這個齒輪看不見，而且齒輪本身並不具備意識。要是具備意識，早在很久以前就會被發現吧。神族將這個齒輪，視為自己的秩序。」

不會說話，也無法看見。就算會將潛伏在自己體內的那個齒輪，視為自己內在的衝動也不足為奇。

「假如魔眼（眼睛）所無法看見的齒輪真的存在，就算說是那個齒輪構成世界的秩序也不為過。決定適任者與不適任者的也是那傢伙吧。」

那麼要怎麼做才能看到這個齒輪？答案非常簡單。

「因此，掠奪者將埋入眾神之中的無數齒輪，伴隨著神力聚集到一處，讓人吞噬掉了。被一個無法思考的胎兒吞噬呢。假如神族以全體構成一個秩序，那麼聚集起來的齒輪就應

該會互相齧合。而只要齧合了，在湊足數量後，最終就應該會帶有一個明確的意識開始運轉——格雷哈姆是這麼想的。」

即使一個個的齒輪沒有意識，也會讓世界的秩序朝一個方向前進。也就是說，格雷哈姆認為：齒輪不是沒有意識，而是被分割成會讓人以為不具備意識的細小程度。應該是神族全體作為目標、想要實現的世界秩序，讓他感受到某種像是意識的東西吧。進行這種嘗試，實際上究竟會變得怎樣，應該就連他自己也不曉得。也有可能齒輪並不存在，一切都只是他的妄想。

不過，畢竟是那個男人，想必他怎麼樣都按捺不住想確認的衝動吧。所以他將整個世界牽扯進來，進行了充滿瘋狂的魔法實驗。也許就是因為有這種思想，格雷哈姆才會被視為不適任者。

「由於伊杰司的槍，你從碧雅芙蕾亞的胎內被傳送到遙遠另一端的次元了。然而，你並沒有死。」

胎兒只要離開母胎就活不下去。這雖是常理，當中也有人不會死亡，像我就是這樣。艾庫艾斯之所以沒有誕生，只不過是因為他還在收集神力的途中。

「你靠著自己身上的眾多神力，抵達了這個眾神的蒼穹。然後，你應該是從這裡搭話的吧——向格雷哈姆呢。」

經由「母胎轉生」誕生的艾庫艾斯，格雷哈姆恐怕是自己變得能接收到他的聲音吧。

魔眼（眼睛）看不見的齒輪與格雷哈姆等同是虛無的根源，雙方以虛無的魔法線連結在一起；他則利用這條魔法線來向我搭話。正因為如此，聲音才會從我的根源傳出。那道聲音是從格雷哈姆的虛無之中響起的。

「你創造出韋德，讓他自稱淘汰神毀滅眾神。只要毀滅了神，遭到竄改的選定審判就會將那些神力聚集在你身上。畢竟明明已經死去好幾位神了，地上卻連秩序產生變化的樣子都沒有呢。」

眾神的秩序會互相補足對方的力量。破壞神與終焉神；創造神與誕生神；以及天父神。就算有一位神要毀滅了，光是這樣也不會使得秩序完全崩壞。即使讓破壞神殞落，毀滅也沒有從世界完全消失。

儘管如此，世間萬物確實遠離了破壞。然而這次，哪怕淘汰神在樹冠天球毀滅了神，也感受不到絲毫的變化。這是因為神雖然毀滅了，秩序卻沒有消失。於是我認為情況就跟選定審判的時候一樣。

「你最終的目的，是想要毀滅樹理四神——為了將祂們的秩序納為自己的力量。」

韋德的「永劫死殺闇棺」能輕而易舉地關住安納海姆，是因為掠奪者的齒輪拘束住終焉神的神體，絕不是因為韋德的魔法超越了我。

「之所以特意派韋德去毀滅眾神，是因為齒輪並沒有足以操控神自殺的力量吧。也就是說，神終究只會遵從規定的秩序，去實行目的吧。」

因為沒有太大的力量，至今才不曾被任何人發現。神要是自殺了，祂們終究無法稱之為秩序。這是為了不讓人類與魔族察覺到，而這樣設計的吧。

格雷哈姆藉由收集看不見的齒輪，讓它們互相齧合，破壞了這個結構。

「雖不知你原本就是一個意識，還是打從最初就是分散開來的存在。」

我緩緩敞開雙手，儘管釋放出魔力，還是開口說：

「艾庫艾斯，就請你將從這個世界上奪走的東西，一點也不剩地還來吧。」

「沙、沙沙」的雜訊聲響起。從根源的深處傳來那道聲音。

『……最後的希望──』

令人毛骨悚然的聲音，黏稠地充滿腦海。

『……最後的希望已經破滅。我警告過了。重新創造世界，並且將我排除，是實現你們心願的唯一道路──』

就像在嘲笑我一樣，令人毛骨悚然的雜訊在根源裡響徹開來。

『這條路已然斷絕。』

地面發出「轟、轟轟轟、轟轟轟轟」的聲響劇烈搖晃，攪拌著大氣。

『創造與破壞的姊妹神，將會懷著後悔迎向毀滅。』

三角錐神殿緩緩浮起。其大門深處，閃閃發光的德魯佐蓋多與艾貝拉斯特安傑塔的輪廓眼看著逐漸縮小、化為人形。

「不行……」

米夏的聲音響起。

「快回來……妳是我的身體吧！給我聽話啊……！」

即使莎夏叫喊，她們還是漸漸恢復成神的姿態——變回創造神米里狄亞與破壞神阿貝魯猊攸。

『德魯佐蓋多與艾貝拉斯特安傑塔的一切都照著世界的計畫發展。汝等也許以為只要和兩座城堡融合，就能將神體奪回，但這對我來說也一樣。』

兩人的指尖緩緩移動。米夏與莎夏儘管拚命抵抗，看來是對方的支配強上幾分。

『世界的齒輪埋在那具神體之中。想搶回破壞神與創造神的她們反倒被奪走根源，再度化為正確秩序的僕人。』

他以兩人的指尖緩緩畫起魔法陣。

——朝著「創造之月」與「破滅太陽」。

『不適任世界的異物啊。就如汝所說，眾神都被埋入了世界的齒輪，而齒輪扼殺了祂們的心靈。這次她們將會摘除不必要的異物，成為真正的神吧——成為這個世界的秩序。』

銀色月光與闇色陽光照耀著畫出的魔法陣。就像受到月亮與太陽的引導一樣，米夏與莎夏緩緩浮起。拘束兩人的魔法陣，構築在互相重疊的莎潔盧多納貝與亞蒂艾路托諾亞之間，米夏與莎夏的神體被固定在魔法陣上。

月亮、太陽，以及兩個魔法陣。這四個圓形彷彿齒輪一樣互相齧合。創造神與破壞神的魔力送入，使得秩序的齒輪轉動。月亮與太陽更加重疊，「終滅日蝕」眼看著加快速度——

『回想起破壞的歲月吧。將映入神眼(眼中)之物盡數毀滅的是汝啊，破壞神阿貝魯猊攸。再度施展這份力量的時刻到了。』

「……別開玩笑了……以為我會讓你這麼做嗎……！」

莎夏說。

『回想起創造的瞬間（時刻）吧。以這份力量催生出這個結果的是汝啊，創造神米里狄亞。祢的神眼只能眼睜睜看著萬物逝去。』

「……不是的……」

米夏說。

『我乃是無名的存在。因為是這個世界唯一且絕對的意識。』

「唔嗯，我是不懂什麼世界不世界的，艾庫艾斯。」

我將魔眼（眼睛）朝向那道撕裂烏雲、傾注而下的光芒。

「但你難道以為區區一個齒輪，就能從我手上奪走部下的心嗎？」

眾神之力被聚集起來，驚人的力量在光芒中捲起漩渦。艾庫艾斯確實就在那道光的深處。儘管他本是看不見的齒輪，但是在聚集之後，應該會帶有朦朧的輪廓。我定睛窺看光的深淵，找尋他的本體。

「假如你的目的是想引我上鉤，那你可要失望了啊。我可沒帶會扯後腿的人來喔。」

要是在意起米夏與莎夏，說不定就會被他跑了。所以我沒去幫助她們兩人，只是一味地凝視那個深淵。

『只要有愛與溫柔，你難道以為就會發生奇蹟嗎？』

艾庫艾斯就像反問似的說。

『既然如此，那你就再度想起名為秩序的無機質絕望吧。不論人類怎麼祈求、魔族怎麼悲嘆，以及龍人怎麼憤怒，世界的意思都不會改變。不論是善人還是惡人，都會平等地迎來相同的結果。』

光芒聚集在拘束住米夏與莎夏的齒輪魔法陣上。「創造之月」與「破滅太陽」更加地重疊在一起。

『毀滅吧，創造神米里狄亞、破壞神阿貝魯猊攸。將汝等所愛的世界，由汝等親手毀滅，心靈將會因此脆弱崩潰。』

「……別開玩笑了……！這種蠢事，我會阻止給你看……！」

米夏與莎夏咬緊牙關，試圖移動自己的神體。她們儘管抵抗著那股強制力，日蝕還是一點一點地加快速度。

「……不會讓你射擊地上……」

『心願不會實現，意念不會傳達。摘除齒輪上的異物，世界只會正確地轉動。』

混著雜訊的聲音，在神界裡響徹開來。

「再也……」

莎夏喃喃說道：

「……那種心情，我再也不想體會了！」

儘管受到魔法陣的束縛，莎夏還是朝一旁的米夏緩緩伸手。

「……世界一點也不溫柔……」

米夏說：

「我曾經這麼想，認為我創造出悲傷的世界。然而——」

米夏朝莎夏伸出手。

「不是這樣的。」

「我們的心，才不會被這種渺小的齒輪操控！」

『妳是對的，然而也錯了。沒必要操控什麼心，只需要打穿一個小小的缺口。摘除掉一個渺小的異物，填滿缺口的微小齒輪，最終就會轉動起巨大的絕望。』

魔法陣伸出刀刃，刺進她們的胸口。小小的發光齒輪，在她們的心臟上現形。

「……啊……哈……」

「……這點……程度……」

儘管米夏與莎夏被刀刃釘住身體，還是伸出了手。

就在這時——

『我應該說過了。』

魔法陣的齒輪閃閃發光，實行秩序。「破滅太陽」與「創造之月」完全重疊了。

『世界並不溫柔，也沒有在笑。』

「終滅日蝕」捲動起來。

比闇色還要漆黑的黑暗在那裡凝縮。

『轉動吧，轉動吧，世界啊——』

不祥之光──就在比「破滅太陽」放出的黑陽還要可怕的黑暗即將閃爍的瞬間，那裡閃耀起純白光芒。

『──轉動吧。』

瞬間萬籟俱寂。閃光奔馳，「破滅太陽」與「創造之月」微微分開。這是因為日蝕稍微倒退回去了。

「……剛剛的……是？」

莎夏瞪圓眼睛注視著那處──「破滅太陽」被留下一道小傷口。

「『天牙刃斷』……？」

神聖閃耀的白刃──傳說勇者的聖劍伊凡斯瑪那的一擊，阻礙了「終滅日蝕」發動。

§ 26 【生命的籌碼】

亞傑希翁遙遠的上空處──

四艘飛空城艦自密德海斯起飛，朝「破滅太陽」莎潔盧多納貝的方向盤旋。搭乘在上頭的人員有雷伊、米莎，以及在守護密德海斯的魔王軍中也是格外強健的兩千年前的魔族們。

他們的目標是要讓浮現在天上的那顆不祥太陽殞落，阻止「終滅日蝕」發生。越是接近，威脅就越是明顯的那片天空，魔族的船艦不畏懼地逐漸加速。

「全速上升，飛空城艦安潔塔。」

「在做了……可是……！」

在充分加速之後，飛空城艦安潔塔為了上升提高船首，速度卻突然下降，無法如願地縮短距離。「破滅太陽」莎潔盧多納貝支配的空域被稱為破壞的天空，能在那裡自由飛翔的，只有兩千年前被世人稱為稀世的創造魔法高手——創術師法里斯．諾因耗費百年歲月完成的巨大要塞。減速後的安潔塔，遭到充滿那片空域的破壞魔力再度推回原本的位置。

儘管飛空城艦安潔塔是我為了預防危急事態而讓人準備的，如今卻只有十艘竣工。考慮到迪魯海德需要抵禦神的軍隊進攻，耶魯多梅朵頂多湊出四艘的估算很正確。

率領部隊的是尼基特。他在我過去的部下中，是僅次於辛擅長劍術的男人。然後是迪比多拉。他是兩千年前遭到憎恨吞沒，意圖將人類少年伊卡雷斯處決的魔族。在被我阻止之後悔改的他，變得更加強大地轉生了。他至今都在為了以防萬一，持續鑽研著守護和平的方法。最後是蘆雪。她在守護密德海斯的魔王軍中，是最擅長風屬性魔法的魔族，也很習慣操控飛空城艦。她在兩千年前，有過跟法里斯．諾因一起將我與辛帶領到那顆「破滅太陽」上的經驗。

最後一艘飛空城艦上，載著雷伊與米莎。這是迪魯海德現在所能投入的最大航空戰力吧。假如被擊墜了，就沒有後路了。

「……不行啊，無法在破壞的天空中飛得更高了。倘若硬闖，即使是飛空城艦安潔塔也會粉碎四散。能在那片天空中飛行的，只有法里斯大人的傑里德黑布魯斯。或許是因為破壞神阿貝魯猊攸不在那裡吧，儘管守護神到目前為止尚未現身，這個日蝕所造出的空域，帶有當年以上的魔力。」

蘆雪在安潔塔三號艦裡說。這些話則經由「意念通訊」，傳達給雷伊與迪比多拉等其他部隊。

「要怎麼做，勇者加隆？」

「雖然『天牙刃斷』能勉強擊中，不過在這種距離之下，要連『破滅太陽』的宿命一起斬斷，終究很嚴厲啊。」

雷伊站在飛空城艦安潔塔四號艦的屋頂上，瞪著眼看就要引發日全蝕的莎潔盧多納貝。靈神人劍伊凡斯瑪那就握在他的手上，散發著神聖的光芒。

全心全意的「天牙刃斷」──他將無數的劍光合而為一，要將「破滅太陽」一刀兩斷地揮出。但即使如此，那把聖劍也只有傷到表面，只讓日全蝕稍微倒退回去而已。這大概是因為越過破壞的天空，使得靈神人劍的力量消耗了吧。

姑且不論尋常的敵人，假如對象是破壞神與創造神的權能，若不直接以劍刃切開，就無法斬斷宿命。

「即使以捨棄飛空城艦的覺悟接近，能將距離減半就算很好了吧。」

迪比多拉說。

「根據阿諾斯大人在神界取得的情報，那顆『破滅太陽』有受惠於位置的秩序，應該能轉移到地上的任何一處。」

尼基特一臉凝重地分析戰況。我在神界見聞到的情報，經由艾蓮歐諾露傳達給安妮斯歐娜，然後再傳達給耶魯多梅朵與雷伊他們。

「不過就我們接近到這裡都還沒轉移離開的情況看來，這應該不是毫無代價就能做到的事吧。」

只要在飛空城艦接近之前讓「破滅太陽」轉移離開，就不會受到靈神人劍攻擊。也就是說，如果是接近到這裡，不轉移對於對方來說也比較有利。要是接近到能充分發揮靈神人劍效果的距離，那個月亮與太陽就會轉移到其他地方了吧。倘若是這樣，地上肯定會在下一次機會到來之前遭到射擊。

『咯、咯、咯。既然如此，只要趁它無法轉移的瞬間攻擊就好了不是嗎？嗯？』

耶魯多梅朵從地上發出的「意念通訊」傳來。他如今正一面指揮魔王軍討伐出現在迪魯海德邊境的神的軍隊，一面掌握這片破壞的天空的狀況。

縱然那邊也是熾烈至極的狀況，但他一面操控守護神們，一面愉快地在戰場上漫步。

「熾死王，你這是什麼意思……？」

蘆雪蹙眉問道。

「意思是，要讓黑陽發射嗎？」

雷伊就像早已考慮過一樣地說。

『沒錯、沒錯，就是這樣。黑陽是毀滅之光，其餘波將會打破一切的魔法吧。哪怕是什麼控制著「破滅太陽」與「創造之月」位置的魔法術式，也不覺得會平安無事。就算能將月亮與太陽固定在現在的位置上，要轉移也是極其困難之事。』

「也就是黑陽照射的瞬間，對方也無法輕易移動『破滅太陽』嗎……的確，方才要是以轉移避開靈神人劍，如今地上早就被射擊了。」

蘆雪說。

『好啦、好啦，這雖是極其困難之事，但也不一定就無法移動。就算是在緊要關頭移動了，我也不會驚訝啊。』

「要是移動會怎麼樣？」

『這還用說嗎？會全滅啊。』

「……熾死王……現在可不是說笑的時候啊……」

『咯咯咯，別說蠢話了，風之能手。所謂的賭博，是風險越大越有趣不是嗎？這麼愉快的事，妳能一邊說笑一邊做到嗎？嗯？聽好了，是奇蹟。我是要你們引發奇蹟啊。假如要坐上賭桌，最起碼得請你們賭上這點程度的籌碼才行呢。』

沒時間謹慎行事了。要是超乎我方的假定，就連黑陽照射的瞬間也能轉移「破滅太陽」與「創造之月」，作戰就必然會失敗。但儘管如此，熾死王大概想說：不存在毫無風險的手段吧。

「只有自己待在安全的地方，卻要我們拿命去賭？」

『哪裡還有安全的地方啊？』

熾死王瞧不起人的回答，讓蘆雪顯得很不耐煩。

「蘆雪。」

雷伊說：

「沒時間猶豫了喔。」

「可是……」

「妳的主君阿諾斯沒能毀滅掉我。」

雷伊瞪著天空說：

「妳難道以為那顆太陽就行嗎？」

雷伊這句話讓蘆雪當場啞口無言。「意念通訊」中響起「咯咯咯」的笑聲。

『咯、咯、咯，咯——咯、咯、咯！很好，很好喔，這是很好的回答不是嗎！但是！光是下注，還只是讓我們坐上賭桌而已。這邊完全看不穿對方的手牌，對方卻將我們的手牌看得一清二楚。而且對方的荷官，還是連骰子數目都能自由控制的世界本身不是嗎！』

彷彿在享受這場危機一樣，熾死王得意揚揚地列舉對自己等人不利的狀況。

『說到底，所謂的賭博，本來就是莊家通殺。好啦，既然如此！』

「咚」的一聲，響起就像在用手杖敲打什麼的聲音。恐怕是將一位神打飛了吧。

『你要用那條命賭什麼，勇者加隆？』

「七條命全賭在你身上。」

這句毫不遲疑的話語，讓耶魯多梅朵倒抽一口氣，彷彿能看到他愉快扭曲的表情。

「如果對手能自由控制骰子數目，我方也只能賭在詐欺師上了。」

雷伊平靜地露出微笑。

「原・來・如・此！也就是要我去向世界的意識耍老千啊？向『全能煌輝』艾庫艾斯？哎呀哎呀，我能做到這麼狂妄的事嗎？」

「會贏喔。」

雷伊從容不迫地說，同時畫出魔法陣。

「即使世界的意識要我們毀滅，我們也不可能接受這種要求。在我們的背後，有著亞傑希翁和迪魯海德。」

他從魔法陣中拔出一意劍席格謝斯塔。不祥的魔力聚集在那把劍上，而靈神人劍則散發出更加神聖的光輝。聖與邪，令不同波長的魔力共存的他，讓尼基特他們瞪大了眼。

「過去在大戰中干戈相向的你們，如今能像這樣一起為了和平奮戰，讓我感到自豪，而且可靠。」

雷伊眼中燃燒著鬥志說：

「我要讓那顆太陽殞落，請大家助我一臂之力吧。」

「哎呀哎呀，真是受不了你啊。哎呀哎呀，要說到你這個人啊，這根本就稱不上理由不是嗎？』

耶魯多梅朵苦笑。

「你還是老樣子啊，加隆。」

「是個令人傻眼的男人。不愧是想以人類之身代替阿諾斯大人的人呢。」

尼基特與蘆雪也同樣苦笑說。

「我們就賭在你身上吧，勇者加隆。這條命你就拿去吧。」

迪比多拉這麼說完，耶魯多梅朵就發出「咯咯咯咯」的聲音笑了起來。

『一號艦作為四號艦的盾牌，二號艦和三號艦則尾隨在後。』

「「「收到。」」」

依照耶魯多梅朵的指示，尼基特駕駛的一號艦來到前頭，雷伊與米莎搭乘的四號艦跟上，二號艦與三號艦尾隨在後。

『就以要壯烈犧牲的覺悟上升吧。』

將分配給反魔法與魔法屏障的魔力注入到集團魔法的「飛行」上後，飛空城艦安潔塔侵入破壞的天空。

儘管外牆毀壞剝落，四艘船艦還是持續上升，前往詭譎日蝕等候的那個場所。

§ 27 【於破壞的天空落下的雪】

「一號艦，全砲門完成『獄炎殲滅砲』的發射準備！」

逼近「破滅太陽」的同時，「意念通訊」在四艘飛空城艦安潔塔之間此起彼落。

「二號艦，同樣完成『獄炎殲滅砲』的發射準備！」

「三號艦，全砲門完成發射準備！」

這是過去創術師法里斯・諾因採用過的戰術——朝破壞的天空發射「獄炎殲滅砲」，藉此製造出一條火焰之道。也就是說要從那裡飛越過去吧。儘管飛空城艦安潔塔隨著上升持續毀壞，破損部位還不到一成，並不妨礙飛行。

「……假如照這樣下去……」

蘆雪瞪著日蝕喃喃說道。

『嚇死人了、嚇死人了。別說這麼可怕的話啊，風之能手。事情要是這麼順利，我們就等同被玩弄在對方的股掌之上啊。』

耶魯多梅朵愉快地說：

『話說回來，傳說中的勇者。根據你的估計，假如要確實阻止那個日蝕，究竟要靠得多近才行得通？』

雷伊立刻回答他的問題。

「僅僅是靠近的話，距離應該會稍微不足吧。我得將所有魔力注入這兩把劍中，所以希望能讓我只需要專注在斬斷那顆太陽上。」

『咯咯咯，你這不是事情發生了，才提出強人所難的條件嗎？也就是說，要將連在空中飛行都辦不到的你，想方設法帶到劍的攻擊範圍內吧？』

「是的。」

意思就是他連用來「飛行」的魔力都會注入劍中，要將全部精力都投注在斬斷日蝕這件事上吧。當然了，他就連施展保護自己不受「破滅太陽」傷害的反魔法與魔法屏障都辦不到。要是受到黑陽正面照射，即使是擁有七個根源的雷伊，也會在瞬間毀滅。

『咯咯咯，犧牲、犧牲，是犧牲啊。也就是要像個勇者一樣，以捨身的一擊來一決勝負吧。有意思。聽天由命、破釜沉舟，這不是要來一場孤注一擲的豪賭嗎！』

「確認到從下方接近的魔力源！術式結構是結界！」

後方的三號艦傳來報告。

『瞧，來了，人類們的把戲。好啦、好啦，要是能撐上數秒，就算要我拿來補強航道也行喔？』

水之砲彈一面散發聖光，一面從地上飛來，飛越過飛空城艦安潔塔，朝「破滅太陽」射去。砲彈的數量不只一發，總共有十八發，而且全是聖水。那是以高通用性的砲彈圍住目標，構築起廣範圍結界的長距離結界魔法「聖刻十八星」。

其發出閃耀星光的結界，會讓位於內側之人的魔力衰減，同時加以封印。儘管「聖刻十八星」衝進「破滅太陽」支配的空域裡，前進到某種程度的距離內，卻絕對無法抵達目標。這是因為破壞的天空的秩序妨礙了上升。

最後，速度減緩下來的十八顆砲彈當場構築出魔法陣，結界發動。可是，結界並沒有支撐多久，聖水瞬間就蒸發掉了。

『咯、咯、咯，明明是結界，居然融化掉了，簡直就是蠟製的翅膀不是嗎！要是連一秒都撐不住，就連要當航道都沒辦法啊。』

「這下我們要是讓那顆太陽殞落，世間就會盛傳是『聖刻十八星』奏效了啊。蓋拉帝提還是老樣子，光是會動這種多餘的頭腦。」

蘆雪不高興地說。

『他們還是有可取之處喔，風之能手。看吧。』

在「聖刻十八星」蒸發後，飛空城艦安潔塔通過飄蕩著那些水蒸氣的空域。雷伊站在安潔塔上方，在水蒸氣中發現到一道影子。他拿到手上一看，發現那是一頂大禮帽。那是熾死王的東西。仔細一看，除了這頂之外，他發現還有九頂大禮帽在破壞的天空中飛舞。

『遵循天父神的秩序，熾死王耶魯多梅朵下令。誕生吧，十個秩序——守護常理的守護神啊。』

大禮帽灑出滿天飛舞的紙花與緞帶，長著翅膀的人馬淑女——天空守護神雷織・娜・依魯，與背上背負巨大盾牌的彪形大漢——守護守護神傑歐・拉・歐普托各五位，總計十位守護神從中誕生。

『咯、咯、咯，即使是蠟製的翅膀，在融化之前也能逼近太陽。』

守護守護神傑歐・拉・歐普托騎在天空守護神雷織・娜・依魯的背上。守護守護神以巨盾在前方圍起結界，讓天空守護神雷織・娜・依魯衝向破壞的天空。

『跟上去吧。』

依照耶魯多梅朵的指示，四艘飛空城艦安潔塔皆移動到守護神後方，持續上升。

「下方再度傳來『聖刻十八星』！」

在最尾端的三號艦傳來報告後，水之砲彈就立刻射向破壞的天空。「聖刻十八星」在眨眼間蒸發，大禮帽在空中飛舞。緊接著，大禮帽這次在生出守護神之前就被箭矢射穿，一下子化為灰燼。

『瞧，登場了。』

阻擋在眼前的是一群影之天使——破壞守護神艾格滋．都．拉芬。既然破壞神不在，那麼守護神也不會出現；對方為了讓人這麼想，一直隱藏這張手牌吧。

『繼續射擊。』

蓋拉帝提陸續射出「聖刻十八星」，熾死王則讓大禮帽在空中飛舞，故意讓影之天使們射穿。熾死王也不認為同一招會再度管用，因此影之天使們射穿的，是無法產生守護神的普通大禮帽。

要對所有大禮帽注入足以產生守護神的魔力，哪怕是熾死王也辦不到。不過他製造出不得不攻擊大禮帽的狀況，使得守護神們的攻擊分散了。

『瞄準前方。這邊的盾牌很快就會毀滅了喔。』

影之天使們以黑色光芒——黑陽為箭頭，將箭矢搭在弓上。他們一齊射出的黑陽箭矢，陸續破壞掉守護守護神的盾牌，射穿天空守護神雷織．娜．依魯的翅膀。雖然作為守護神，雙方的力量平分秋色，但對面不僅有「破滅太陽」的恩惠，最重要的是在數量上占有優勢。不斷承受有如雨點般落下的黑陽箭矢，位於飛空城艦安潔塔前方的盾牌消失了。

『發射。』

「「「一齊掃射『獄炎殲滅砲』！」」」

在尼基特、迪比多拉與蘆雪的指示下，飛空城艦安潔塔的所有砲臺一齊發出漆黑太陽。那些太陽拖曳著有如彗星一般的尾巴，帶著轟鳴發射出去。合計超過兩百的漆黑太陽陸續爆炸，創造出直達「破滅太陽」的火焰之道。

「我們是盾！就算會默默死去，也絕不退縮！」

尼基特叫道。他駕駛的一號艦持續受到影之天使們的箭矢直擊，眼看著不斷損毀。然而，他不能避開。他們要是偏離航道，正在將魔力注入聖劍與魔劍的雷伊就會毫無防備地暴露在攻擊之下。

「頂起來！」

迪比多拉與蘆雪駕駛的二號艦與三號艦為了上升注入所有魔力，將雷伊與米莎的四號艦從下方使勁地往上推。尼基特的一號艦將好幾位纏繞著黑陽、朝雷伊迂迴繞來的破壞守護神撞飛。

破壞守護神們隨即附著在一號艦上，城艦遭大火逐漸吞沒。

「快走……！」

雷伊搭乘的四號艦衝進火焰之道。就像要保護站在飛空城艦屋頂上的他一樣，米莎構築起「四界牆壁」。

「要來了！即將進入黑陽的射程之中！」

蘆雪大喊。在這瞬間，飛空城艦安潔塔的損壞速度變得越來越快，在「嘎啦嘎啦」的聲響之下開始解體。強化「飛行」的動力組魔法陣也遭到破壞，導致速度下降。越是接近「破滅太陽」，溢出的破滅光芒就越是將萬物灼燒毀滅。而且與兩千年前不同，此刻的「破滅太陽」讓闇色太陽閃耀著光芒，完全顯現出來了。

「被這道黑陽灼傷的人將無法再生！快退下！由我們來擋住！」

為了保護雷伊，蘆雪率領的三號艦改變航向，竭盡全力加速起來。然而，「四界牆壁」阻礙了他們的前進。

「妳在做什麼，米莎！」

「現在可還不能失去代步工具喔。就請交給我吧。」

「別說蠢話了。可以毫髮無傷地通過那道黑陽的魔法，就只有能夠不斷創造新事物的『創造藝術建築(asutorasutera)』。那個就連阿諾斯大人也模仿不來！黑陽由我們擋下，妳就去保護加隆吧！」

假如受到黑陽灼燒的損傷無法再生，那麼只要當場重新創造出一艘飛空城艦就好。雖然這是創術師法里斯想出來的黑陽對策，要施展「創造藝術建築」的話，突出的創造魔法自不待言，還需要能創造新事物的藝術才能。

「妳的意思是說，身為虛假魔王的我，只能做到這點程度的事嗎？」

米莎露出微笑。

「的確，我的力量來自於暴虐魔王的傳聞與傳承，擅長的魔法也一模一樣，坦白說只辦得到遜於阿諾斯大人的事。」

米莎靜靜地說：

「只靠我的半身的話。」

米莎操縱著雷伊搭乘的四號艦，在飛空城艦的王座上畫出兩道魔法陣。

「我的另一半，可是繼承精靈之母大精靈蕾諾的血脈。雖然這半身同樣只辦得到遜於母親大人的事，但我能將精靈之力作為魔法運用自如。」

一道魔法陣是「創造建築」，另一道則是精靈魔法。米莎將這兩道魔法陣融合，當場開發出嶄新的術式。

「創靈魔法『摩訶塗鴉建築』。」

以四號艦為中心，巨大的球體魔法陣展開，將二號艦和三號艦包覆起來。下一瞬間，三艘城艦的外牆上出現塗鴉，那是迪魯海德隨處可見的民家圖畫。緊接著，飛空城艦眼看著變形，三艘城艦被重新創造成跟塗鴉幾乎一模一樣的形狀。

脫胎換骨的安潔塔取回速度，猛然加速起來。儘管是民家的外形，卻擁有跟之前的飛空城艦同樣的飛行能力。

「這是……？」

蘆雪忍不住發出無法理解的疑問聲。

「塗鴉精靈佩恩塔庫司，是會在民家外牆上塗鴉的精靈。只要向他出題，他就會一直畫到你厭煩為止。而且畫出來的，絕對是新的塗鴉，他有這種傳聞。」

這是借用塗鴉精靈佩恩塔庫司的傳聞與傳承，構成的精靈魔法「摩訶塗鴉」。假如單獨施展，就只會塗鴉；她藉由在這個精靈魔法上結合「創造建築」，為塗鴉添加了創造之力。

縱然不斷遭到黑陽破壞，飛空城艦安潔塔經由「摩訶塗鴉建築」變成各種建築物，因此不至於毀滅。據說能將各種屬性的魔法運用自如，就連在戰場上都能開發出新魔法的暴虐魔王……將這個傳聞與傳承，與她繼承精靈之母大精靈蕾諾血脈的女兒之力結合起來——

作為魔族會單純遜色於我的力量，作為精靈之母會不及蕾諾的精靈魔法；她藉由將這兩種力量結合起來，創造出我與蕾諾都無法做到，只有米莎才能施展的創靈魔法。如果是這個「摩訶塗鴉建築」，就不會遜於「創造藝術建築」。

飛空城艦在破壞的天空之中，比損壞速度還要快地接連變成嶄新的塗鴉，就像劈開黑陽一樣地逼近「破滅太陽」。

『咯咯咯咯，就快到關鍵時刻了。二號艦與三號艦要盡可能地接近「破滅太陽」，然後藉由「飛行」將四號艦射出吧！』

「「收到！」」

二號艦與三號艦幾乎將所有魔力都注入在飛行上，化為要將四號艦推上去的雙翼。雖說以「摩訶塗鴉建築」持續創造出新的事物，要是太過接近，船艦應該會在修復之前全毀吧。他們這是要預判這個極限，在最後只讓四號艦朝「破滅太陽」上升。

儘管蓋拉帝提射出「聖刻十八星」的掩護射擊仍舊送達了，但是間隔變得越來越長，守護神們開始看穿「聖刻十八星」其實是誘餌的事實。祂們仔細分辨出熾死王會產生守護神的大禮帽，只將那些大禮帽擊落。而他趕來放在蓋拉帝提的大禮帽，數量應該也很有限。

耶魯多梅朵目前正在迪魯海德的邊境交戰，無法從那裡脫身；勇者學院也有聖水與魔力

枯竭的擔憂。雖說只是個誘餌，如果不再需要警戒「聖刻十八星」，破壞守護神們就會朝飛空城艦集中砲火。

就狀況看來，機會只有一次，目標在達到日全蝕的瞬間。如果不是在那個時候，「破滅太陽」肯定會轉移到其他空域。

「……太陽缺損了喔……」

因為靈神人劍的一擊，瞬間停滯的日蝕再度開始出現缺損。這是地上會遭到射擊的危機，同時也是絕佳的機會。要在對方行使破滅之力的瞬間、地上被擊中之前，先讓那顆闇色太陽殞落。雷伊握緊雙劍，定睛注視著將天空染成不祥色彩的日蝕。

朝著那裡——翩翩飄落了一片雪花。是雪月花。伴隨著白銀光芒，無數雪花飄落下來，將天空化為一片白銀世界。

§ 28 【終滅之光】

飛空城艦安潔塔急遽減速，飛散的雪月花附著上來，畫在城艦外牆上的建築物被重新畫成像是凍結了一樣。「摩訶塗鴉建築」無法正常運作，安潔塔依照重新畫出的圖畫，眼看著凍結起來。船艦被漸漸重新創造成無法在天空飛行的模樣。

「……也就是創造的天空嗎……」

米莎帶著凝重的表情，將魔眼朝向空域。與「破滅太陽」重疊的「創造之月」支配了附近一帶。那個權能藉由強迫船艦進行自己的創造，阻礙著「摩訶塗鴉建築」。

因為是破壞的天空，所以能防止墜落的手段，只有持續進行創造；但因為是創造的天空，所以創造會受到妨礙。簡直是堅如磐石的防禦。

「蘆、蘆雪隊長，再這樣下去……！」

「迪比多拉大人，已經撐不下去了！二號艦要墜落了！」

二號艦與三號艦上響徹著士兵們的報告聲。耶魯多梅朵立刻說：

『將四號艦射出，即刻脫離吧。』

「可、可是，要是現在射出……！」

纏繞黑陽的破壞守護神們，就守候在四號艦的行進方向上。

『咯、咯、咯，手牌全打完了，之後就乾脆地賭在勇者與魔王的傳承上吧。還是說，你們要蓋牌支付籌碼，等待下一次的機會嗎？』

蘆雪與迪比多拉狠狠咬緊牙關同時說：

「展開集團魔法，使出你們所有的魔力！」

「將魔法的行使對象設為四號艦，看準時機！」

影之天使們舉起弓一齊射出黑陽箭矢，但他們已經沒有餘力避開。

「發射——！」

「飛行」的球體魔法陣覆蓋住雷伊搭乘的飛空城艦安潔塔，將凍住的那艘船艦有如砲彈

一般強行射出。就像要代替為了脫離空域墜落的二號艦與三號艦一般，雷伊搭乘的四號艦衝向破壞與創造的天空，在傾注而下的箭矢中逆行。黑陽箭矢陸續擊中，飛空城艦安潔塔發出「喀答喀答」的聲響開始崩毀。

由於與日蝕之間的距離縮短，使得「摩訶塗鴉建築」早已完全發揮不了機能，安潔塔因為破壞的秩序在空中解體。即使屋頂崩塌，雷伊還是沒有飛行，持續將魔力注入在兩把劍上。此時一道人影從毀壞的飛空城艦裡飛出。

「搭上來吧。」

米莎從解體崩落的安潔塔裡飛出，將穿在身上的外套脫下攤開。雷伊搭上去後，她一面以「四界牆壁」擋下箭雨，一面穿越過去。

破壞守護神們就像引火自焚似的以黑陽燃燒神體，祂們就這樣懷著自我犧牲的覺悟朝米莎撞去。與箭矢不同，不論怎麼閃避都會窮追不捨吧。猶如要補上最後一擊般，雪月花翩翩落下，以散發出的冷空氣限制米莎與雷伊的行動。

如果在平地上還有辦法，在這片破壞與創造的天空裡，她使不出足以甩開所有守護神、逼近「破滅太陽」的速度。如今在失去安潔塔後，就算是米莎，能持續戰鬥與飛行的時間應該也很有限。

「來吧，基加底斯。」

在米莎畫出魔法陣後，她背後就出現一隻拿著小槌的巴掌大妖精。在酷似風與雷的精靈基加底亞斯的那傢伙身上，劈下一道漆黑雷電。宛如吸收那道雷電之力，基加底斯眼看變得巨大。那副姿態，就彷彿是個邪惡之王。

「『靈魔雷帝風黑』。」

米莎優雅地伸出指尖。與此同時，黑色雷帝基加底斯揮下巨大的槌子。黑暗之風將破壞守護神們冰冷包覆，漆黑閃電朝祂們劈落。藉由將精靈魔法「靈風雷矢」與起源魔法「魔黑雷帝」組合而成的靈源魔法「靈魔雷帝風黑」，影之天使們化為灰燼。但是逃過這一擊的守護神一面以黑陽燃燒全身，一面繼續衝撞過來。

「迦流。」

九頭水龍出現在米莎背後，在染成漆黑後發出低吼。漆黑水龍一附到她的雙手上，迎面襲來的守護神就被她的指尖刺穿了。

「『靈殺根源死雨』。」

九頭水龍就像咬穿守護神似的從祂的體內冒出，在撲滅黑陽的同時毀滅掉祂的根源。米莎間不容髮地射出「靈魔雷帝風黑」，漆黑風雷就伴隨著激烈光芒一起將破壞與創造的天空撕裂開來。

米莎以竭盡全力的「飛行」往上飛升，伴隨著搭乘在外套上的雷伊，轉眼間逼近「破滅太陽」。

由於莎潔盧多納貝的日全蝕，附近一帶變得更暗。足以讓人懷疑自身魔眼的驚人魔力，集中在被覆蓋住的「破滅太陽」上。倘若是那個，就算毀滅地上十次，大概都還有剩吧。

「——米莎！」

雷伊叫道，她將注入魔力的指尖伸出。

「就等著——這一瞬間呢！」

她對雷伊畫出飛行的魔法陣，連同「靈魔雷帝風黑」一起射出——正當她要這麼做時，纏繞在她身上的「四界牆壁」忽然消散了。

「……咦…………？」

她的胸口上，刺著一根像是小棘刺的東西。

「……這……是…………？」

她的魔力迅速消散，就像在說根源的要害被貫穿了一樣——

「……雷……伊……」

米莎的身體突然向下墜落，從「破滅太陽」上自然溢出的黑陽灼燒著雷伊的身體。被燃燒的外套包覆，他的身體也同樣向下墜落。此時響起了聲音。

『奪走世界秩序的篡奪者。』

混著雜訊的詭譎之聲——

『如汝親口說的，汝看不見世界的手牌。』

在破壞與創造的天空中，巨大地響徹開來。

『魔族的船艦墜落了。虛假的魔王與從秩序奪走的守護神亦然。』

飛空城艦安潔塔一號艦、二號艦與三號艦幾乎全毀，只能勉強飄浮在破壞的天空之下。

它們沒有餘力再度逼近太陽，就連要返回地上應該都很勉強。熾死王在空中飛舞的大禮帽有十頂，在被守護神的箭矢貫穿後化為灰燼。

『簒奪者，汝的手牌裡沒有翅膀，如今希望在這裡破滅了。就被「終滅日蝕」灼燒，連同地上一起消失吧。』

就像在嘲笑般的「沙沙、沙——」雜音迴蕩開來。眼前什麼都看不見，「終滅日蝕」將世界完全封閉在黑暗之中。

『……咯咯咯……的確、的確。敗北、敗北……是體無完膚的敗北啊。不過，正因為會輸，所以才有趣啊——所謂的賭博。』

耶魯多梅朵說：

『對吧，艾庫艾斯？』

『永別了，愚蠢的魔族啊。』

寂靜覆蓋住那片天空。不祥日蝕伴隨著增大的魔力，將黑檀光芒凝縮起來。那是黑紅交雜的輝煌閃光。

『終滅之刻已至——』

莎潔盧多納貝的日全蝕朝地上照射出終滅之光。在這之前，凝縮的黑檀閃光被一道黑色突刺貫穿了。

『…………！』

伴隨著微弱光芒，映入眼中的是勇者的身影。

「咯咯咯」的聲音響起。

『——咯、咯、咯，咯咯咯咯，咯——咯、咯、咯、咯！』

響徹天際的那道聲音，是耶魯多梅朵痛快至極的笑聲。

『身為「全能煌輝」，竟沒發現我的手牌裡還留有翅膀嗎——？』

在世界被黑暗籠罩的期間內抵達「破滅太陽」的雷伊，以凝縮著魔的一意劍席格謝斯塔揮出一擊，在終滅之光上刺出微小的缺口。

熾死王說：

『沒錯——就是蠟製的翅膀！』

作為誘餌的大禮帽運來的「聖刻十八星」——由於覺得微不足道，而被艾庫艾斯置之不理的這個魔法，正是讓雷伊抵達「破滅太陽」的最後一張手牌。

「聖刻十八星」是聖水砲彈。聖水是通用性很高的魔法具，對人類來說是效率極高的魔力源。雖然對具有魔族肉身的雷伊來說等同是毒，但身為前勇者的他，對於聖水的用法相當熟稔。如同過去艾米莉亞做過的一樣，他使用聖水這點是有可能的。在破壞的天空中蒸發的「聖刻十八星」，也就是化為水蒸氣的聖水，被在城艦外的雷伊聚集了起來。

他這麼做，是為了不使用自己的魔力在空中飛行。在取出聖水的魔力後，就要墜落的雷伊以「飛行」反轉飛起。

趁著「終滅日蝕」發生、「破滅太陽」恐怕無法轉移的這一瞬間，雷伊刺出席格謝斯塔，在照射前的終滅之光上刺穿一個缺口；熾死王則反過來利用手牌曝光的狀況。只要覺得還有牌可出，就不會露出破綻，但艾庫艾斯很清楚我方的手牌，於是掉以輕心，疏於戒備。

留下「聖刻十八星」是蠟製翅膀的印象，讓艾庫艾斯認定這是派不上用場的魔法。不是從祂的眼睛，而是從祂的意識中將手牌藏起來了。

「靈神人劍，祕奧之二——」

雷伊沒展開反魔法便衝向「破滅太陽」，被黑陽與終滅之光所籠罩，使得根源在眨眼間不斷減少。能勉強讓身體保住原形，是因為受到了靈神人劍的加護所保護吧。然後，在根源剩下一個的瞬間，他朝席格謝斯塔刺穿的光之缺口，這次刺出了伊凡斯瑪那。

「——『斷空絕刺』！」

雷伊的身體連同靈神人劍伊凡斯瑪那一起覆蓋著神聖光芒，宛如一把劍般刺出。在「破滅太陽」的表面、洶湧到驚人程度的黑陽上刺穿缺口後，靈神人劍的劍刃往裡頭刺去。

無數的黑暗火星散開，光芒朝四面八方擴散。天空震動，地上震撼。靈神人劍究竟能不能貫穿「終滅日蝕」——那個宿命呢？緩緩缺損的太陽漸漸恢復成原狀，「創造之月」與「破滅太陽」被分開了。

『一切如同秩序的齒輪轉動。』

響起令人毛骨悚然的聲音。「破滅太陽」恢復成缺損一半的狀態，只不過表面開始聚集起黑檀光芒。似乎在說即使不是日全蝕，也有辦法射擊地上——

雷伊一面將靈神人劍壓向「破滅太陽」，一面以「意念通訊」發出嘶吼：

「——快脫離空域——！」

『太遲了——』

雷伊將僅存的最後力量，注入緊緊握住的靈神人劍中。

「……拜託了，靈神人劍……！將剩下的一半也——！」

就像要呼應他的意念一樣，純白光芒銳利地朝太陽貫穿而去。

雷伊以渾身力量刺出聖劍。

「——停下來啊啊啊啊啊啊啊啊啊啊啊啊啊啊啊啊啊啊啊啊！」

終滅之光鮮明閃爍。

『「不笑世界的終結（ein eiaru nabuerubua）」。』

§29　【不笑世界的終結】

那是深邃的黑暗之中——

那是幽暗的內心深處——

那是名為絕望的項圈。

被埋入魔法陣的齒輪，姊妹的心靈被撕裂開來。

映入她魔眼（眼睛）的是——

映入她神眼（眼睛）的是——

沾滿鮮血的破壞與創造的天空。

「……住手……」

莎夏說。掠奪者的齒輪深深陷入她的內心，就像要撕裂回憶一樣地強行轉動。令人毛骨悚然的「嘎吱……嘎吱……」聲發出，有什麼一點一點地毀壞了。灑落而出的是她的意念，少女曾是破壞神阿貝魯猊攸的小小心願。

——我的心願只有一個。

——只是想用這雙神眼(眼睛)看看這個世界。

『喂，■■大人，你說了很恨我吧？』

——■■大人？那是指誰？

——我在和誰說話嗎？

——不懂。我才沒有能說話的對象。

灑落而出的是她的記憶。齒輪發出「嘎吱……嘎吱……」的聲響轉動著。

『恨，是什麼樣的心情？』

——能聽到聲音。能聽到我的聲音、我的話語，在腦海中不斷重複。

『在憎恨之前，還有開心和喜悅吧？不過，這些我也不知道喔。我只知道開心與喜悅會變成憤怒，然後產生出憎恨。但是——』

『這些我全都不知道喔。』

『因為全都毀滅了呢。就算說花很美麗，但那究竟長什麼樣子啊？』

『就算說山很雄偉，但那究竟有多大啊？』

『家呢？床呢？椅子呢？書呢？』

『接吻……應該要怎麼做啊？』

——世界充斥著我所不知道的事。

——絕對無法看到那些事物活著的模樣……

——我好想去看一眼。

——明明是這樣……

『我毀滅了許多事物。不論是魔族、人類、精靈，有時甚至是神，我一直在毀滅。這世上一切的終結，全都發生在我的掌心上。』

『畢竟是這麼回事吧。人們會毀壞、根源會破滅，全是因為有破壞神的秩序。』

『「破滅太陽」也是如此呢。是我讓那個在天上閃耀，讓那個毀滅光芒灼燒著你的同伴喔。數十人、數百人，或許還有更多更多。』

——你是？

——你是誰？

『喂，告訴我，■■大人？人為什麼要活著？世界不存在不會結束的事物，遲早都絕對會結束喔。既然如此，不論是今天結束、明天結束，還是一百年後結束都一樣吧？』

『難道以為會有希望嗎？難道以為會繼續下去嗎？假如這麼想，那還真是天大的笑話。明明什麼都不會留下，就連這也不知道地拚命活著，還真像個笨蛋呢。』

——沒錯，還真像個笨蛋呢。

——我……

——是個笨蛋。

『世界才沒有在笑——因為有我在看著。會映入這雙神眼（眼睛）裡的只有終結。不論何時，那裡只有悲傷；不論何時，這世上只有淚水會留下來。這就是事實。』

『喂，■■大人？你能顛覆這個事實嗎？能將我，將破壞神阿貝魯猊攸毀滅嗎？』

——喂，你是誰？

——假如你在那裡，就讓我聽聽你的聲音吧。

——不然的話，我會——

『如同我方才也說過的一樣，我一直在等待。我一直在祈求，希望某人能來到這裡。一面不斷毀滅，一面想著憎恨我的人會不會來。想著他會不會劈開莎潔盧多納貝，出現在我的面前。』

『因為很無聊嘛。一直孤獨地待在這個只有昏暗光線的太陽之中，也沒辦法跟任何人說話。話雖如此，就算離開到外頭也不會有任何改變。』

『能映入我神眼（眼睛）裡的，只有絕望與悲傷。在破壞神的眼前，只有終結存在。要是在地上走動，世界一個晚上就會毀滅。』

『我想知道的事情有很多喔。像是花的模樣、山的雄偉、喜悅，以及開心。可是，這些絕對不會映入我的神眼（眼睛）裡。』

『不過啊，要是有非常強大的人在，我想說不定就能看見那個人的模樣了。』

『想說如此一來就能和他說話了。那個人肯定會憎恨我，會為了毀滅破壞神的秩序而來到我身邊；會為了阻止世界的悲傷而來到我身邊。』

『我要跟那個人戀愛。因為啊，縱使有這種人存在，也只會有一人。我的對象只會是那個人。』

『我等很久很久了喔。等到幾乎就要發瘋，我毀滅許多許多事物了喔。』

——啊啊，對了。是這樣啊。

——我想起來了。

『你終於來了。』

——誰也沒有來。

——誰也不願意過來。

齒輪發出「嘎吱……嘎吱……」的轉動聲，記憶的背面竄過「沙沙沙」的雜訊聲。

『這次我想試著走在地上，以■■大人的魔眼（眼睛）看看悲傷以外的事物。』

——這全是謊言。

——這全是我的妄想。

——畢竟我什麼也想不起來。

——畢竟世界……

『去看看這個世界笑著的模樣。』

——世界才沒有在笑。

——因為我……

莎夏睜開眼睛，眼前充滿絕望。

『「不笑世界的終結」。』

——破壞掉了。

這個景象鮮明地映在阿貝魯猊攸的神眼（眼睛）裡。那裡是破壞的天空，能看到耀眼的光芒與一道持劍的人影。莎潔盧多納貝的日蝕發出終滅光芒——「不笑世界的終結」；雷伊一面將靈神人劍伊凡斯瑪那刺向「破滅太陽」，一面承受著那道充滿不祥的毀滅光芒。然而，即使是能斬斷宿命的那把聖劍，也無法完全顛覆破滅。

「——快避開啊啊啊啊啊啊！」

勇者拚命叫喊。

飛在破壞的天空之下的三艘飛空城艦，一面聽著他的叫喊，一面衝向「不笑世界的終結」。率先被光擊中的是一號艦。

「尼基特！」

「怎麼能避開啊……！我們身後可是有迪魯海德與亞傑希翁。這塊大地，可是我們的暴虐魔王阿諾斯．波魯迪戈烏多大人挺身守護的聖域啊！」

接著是二號艦被那道終滅光芒所擊中。其早就破爛不堪的船體，束手無策地脆弱解體。

——快住手。

「……阿諾斯大人……抱歉無法遵守您要我『活下去』的命令……不過，至少只有這個和平的時代……！」

迪比多拉他們瀕臨毀滅的根源綻放出耀眼光芒，宛如要反抗毀滅般變得強大且激烈。他們不是為了生存，而是為了保護地上不受終滅光芒所傷，而將所有魔力都注入到反魔法之中。

過去憎恨人類的迪比多拉，以及無法完全捨棄憎恨的部下們——看在轉生後的他們眼中，和平的世界想必非常耀眼吧。也許就是因為這樣，身體才會立刻動了起來。

儘管如此——還是擋不下來。就像在嘲笑挺身而出的尼基特與迪比多拉他們的意志一樣，冰冷的終滅光芒連同兩艘飛空城艦一起往地上推去。

米莎在那正下方。根源的要害被棘刺貫穿的她，儘管把手伸向襲來的威脅，卻無法隨心所欲操控魔力的樣子。精靈之力被斷絕，漆黑粒子從她身上散去，使得她從虛假的魔王阿伯斯．迪魯黑比亞的模樣，恢復成平時的米莎。

「『風波(shua)』。」

一陣風將米莎捲走，讓她脫離這個空域。

「……蘆雪……小姐……！」

「宛若天神的暴虐魔王不會毀滅，哪怕是傳聞與傳承也一樣！」

就像要代替米莎一樣，蘆雪駕駛的三號艦展開反魔法，衝向被終滅光芒吞沒的兩艘飛空城艦。

「迪比多拉、尼基特！你們在做什麼！哪怕粉身碎骨，也要保護地上！」

由於蘆雪的斥責，眼看就要毀滅的迪比多拉與尼基特的船艦稍微振作起來。

「……抱歉，我想起了死去的戰友(朋友)……」

「……他們也是同樣的心境吧……至少想在這個和平的時代一同歡笑……」

尼基特與迪比多拉說。彷彿燃燒殆盡前的星星一樣，三艘飛空城艦施放出的魔力，大大地閃耀起來。

「……儘管遲了兩千年——」

「就讓我們也為了吾君……！」

闇色極光覆蓋住天空。那是他們應該無法施展、豁出性命的「四界牆壁」。那道能封住神族力量的魔法屏障，迪比多拉、尼基特、蘆雪以及他們的部下們，以逐漸消逝的生命為代價成功施展了。

大量的根源遭到光逐漸吞沒——

『……阿諾斯大人……還請您……平安……無事……』

——快住手。

終滅光芒與闇色極光出現衝突，幾乎將破壞的天空撕裂的衝擊奔馳而出，天空、大氣與世界都為之震撼。「不笑世界的終結」毫不仁慈地將「四界牆壁」吞沒，讓飛空城艦消散。毀滅的大爆炸在破壞的天空中掀起。

「……唔…………！」

將靈神人劍壓向「破滅太陽」的雷伊，迎面受到這場爆炸衝擊。在毀滅的秩序之前，他的手無可奈何地從聖劍上被扯開，頭下腳上地往地面墜落而去。

——拜託，快住手。

不再受阻的終滅光芒繼續前進，照射在大地上。以為才剛轟出一個無底深洞，那個深洞就猛然地呈十字裂開。大地碎裂，世界被分裂成四塊，各自開始分散。

——我什麼也不想破壞。

聲音響起，世界開始毀壞。

——明明就不想破壞。

傳來齒輪「嘎吱……該吱……」的聲音。在她的心中，絕望就像要撕裂心靈一般地持續轉動。

『我應該說過了。』

混著雜訊的聲音在我的腦海中響起，我讓視野回到自己身上，地點是眾神的蒼穹。在那個深淵之底裡，我狠狠瞪著灑落在眼前的艾庫艾斯光芒。

『假如知道，你應該會後悔吧。無知正是她們能夠獲得、獨一無二的幸福。你沒能拯救她們。讓她們被名為破壞神與創造神的齒輪吞噬、持續地轉動，即是秩序。』

艾庫艾斯說：

『沒錯，我只是打穿了一個小缺口。打在暴虐魔王阿諾斯・波魯迪戈烏多的記憶上。只要撕裂這個記憶，神的姊妹得到的希望就會澈底消失。失去希望、失去愛、失去溫柔，以及失去心靈，姊妹兩人將會作為破壞神與創造神，納入世界的齒輪之中。』

莎夏的心難以說是正常狀態，米夏的也一樣。雖然她們的意念打從方才就一直以「意念通訊」傳來，但她們大概聽不見這裡的聲音，即使呼喚也沒有回答。掠奪者埋在破壞神與創造神兩具神體之中的齒輪，從米夏與莎夏身上奪走了我的記憶。

因此她們應該無法認知到我。

『剩下的只是絕望，只有世界的秩序。她們將會不斷重複，破壞著不想破壞的世界。為了破壞，而持續創造。』

莎夏與米夏，米里狄亞與阿貝魯猊攸。她們的希望，確實只要沒有我，就無法成立。

「唔嗯，自稱是世界意思之人，還真是會誇大其辭。」

或許沒料到我會這麼說吧，艾庫艾斯只是回以沉默。

「絕望？就這樣嗎？不過是世界被一點微光燙到，你便說是絕望？」

我指著顯示在齒輪的「遠隔透視」上的地上景象。

「看清楚吧，艾庫艾斯。世界只是被十字分割成四塊，說這是毀滅，未免太過誇大。假如被分割成四塊，只要再拼起來就好。」

只要經由連起的魔法線窺看地上，就知道世界仍然健在。不論是蓋拉帝提，還是密德海斯，都沒有一座城市被終滅光芒照射到。

「勇者的靈神人劍在『終滅日蝕』上刺出缺口，阻礙了它的威力。我的部下賭命建造了牆壁，不讓任何一座城市被照射到，使得終滅光芒的軌道偏移了開來。」

雖然程度不大，終滅光芒的軌道確實偏移了。尼基特、迪比多拉與蘆雪，這些自兩千年前就願意跟隨在我背後的部下們，賭上性命守護住了這個和平。

絕望還很遙遠，我必須回報他們的獻身。

「米夏與莎夏也正在戰鬥。縱然齒輪要從兩人的記憶中消除希望，她們也絕對不會輸給什麼虛假的絕望。」

我緩緩把手伸向眼前的光芒，將總算在光的深淵裡看到的那個東西用力地一把抓起。

指尖上感覺到確實的手感。

「好啦，我可抓到你嘍，世界毀滅的元凶（艾庫艾斯）。」

後記

第十章是延續上一集第九章的內容，將焦點放在神族上的故事。書中提到的「秩序」，是所謂的物理法則，但我認為奇幻世界的物理法則定位，還是要跟現實世界不同，才比較有趣不是嗎？

在現實世界裡作為就是這樣而理所當然存在的物理法則，在描寫奇幻世界時要是能為此加上理由，我想在伴隨故事發展時，就能避免不自然的感覺。這個世界存在什麼樣的神話，是什麼的神以什麼樣的經過，要創造出什麼樣的世界？當時發生什麼事，結果使得現在的世界變得怎麼樣了？我覺得能作為創世之神的故事，描寫世界成立的過程，是撰寫奇幻故事的最大樂趣。

具備重力這件事本來應該是沒意義的，但比方說，最初創造世界的神，是為了將人類封閉在世界上而讓重力產生的話——一旦有了這種設定，在我心中就會有種非常奇幻的感覺，讓我興奮起來。

我覺得第十章就是濃郁表現出我這種個人喜好的故事。創造神米里狄亞是懷著什麼樣的想法創造世界的呢？而我一心想寫追尋隱藏在世界裡的巨大謎團，這種壯大故事的念頭，讓我創作出了這一章。雖然是第九集與上下兩集加起來、變得有點長的故事，由於我想寫出至

今為止的八章故事分量集大成的內容而費了一番苦心，如果各位讀者能期待，我會感到非常高興。

這次也擔任插畫的しずまよしのり老師，畫出非常出色的插畫。也由於最近的社會局勢，讓我完全找不到見面的機會，因此在此借用後記的篇幅感謝老師，謝謝您。

而這次也受到責任編輯吉岡大人非常大的照顧，感謝您總是做出細心的對應。

最後我要由衷感謝看到這裡的各位讀者們，真的非常感謝你們。

我想下一集的展開，就算說是魔王學院的集大成也不為過。前所未有的巨大戰鬥在等待他們，要是各位能將故事的結尾看到最後，將沒有比這還令人高興的事。我會為了讓各位讀者看得比之前更加高興而努力創作，還請各位多多指教。

二〇二一年六月七日　秋

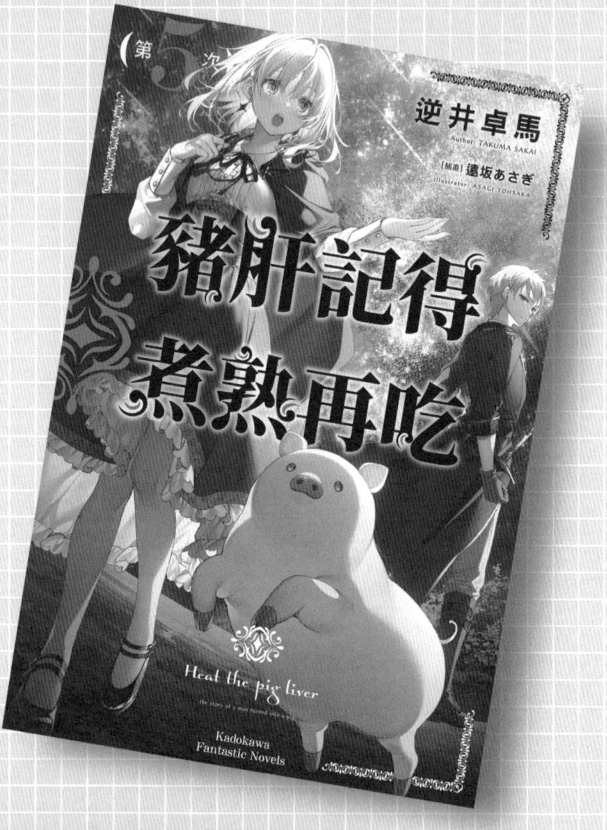

豬肝記得煮熟再吃 1~5 待續

作者：逆井卓馬　插畫：遠坂あさぎ

「請看，豬先生！我的胸部變大了……！」
真傷腦筋，看來這次的事件似乎也不簡單？

總算察覺自己心意的我，想偕潔絲踏上沒有終點的旅程，因此必須奪回被占據的王朝。諾特率領的解放軍、王子修拉維斯、三名美少女與來自異世界的三隻豬，為尋求王牌而造訪北方島嶼，希望能前往反面空間——深世界。據說所有願望在那裡都會具現化……

各 **NT$200~250/HK$67~83**

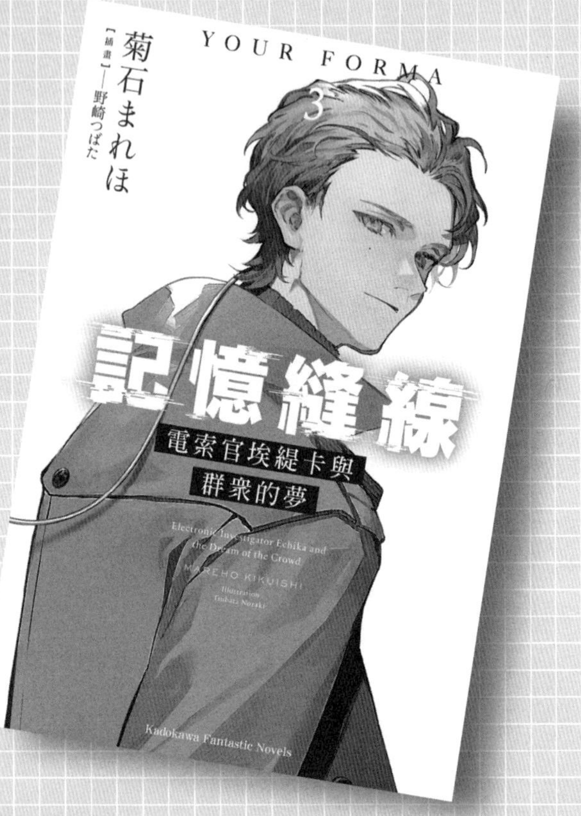

記憶縫線YOUR FORMA 1~3 待續

作者：菊石まれほ　插畫：野崎つばた

在網路論壇煽動群眾的駭客〈E〉，
其真正的目標是什麼——？

埃緹卡懷抱與哈羅德的敬愛規範有關的祕密，或許是因為壓力過大，電索能力突然劇烈下降。她以一般搜查官的身分參與偵辦新案件，哈羅德也與新的「天才」搭檔。他們兩人分頭追查在網路論壇接連發表國際刑事警察組織的機密事項的駭客〈E〉——

各 **NT$220~240/HK$73~80**

續・魔法科高中的劣等生

魔法人聯社 1~4 待續

作者：佐島 勤　插畫：石田可奈

FAIR副領袖蘿拉前往沙斯塔山尋求聖遺物
她憑藉魔女的異能竟挖出意想不到的武器！

為了實現「以能夠使用魔法的優等種掌權統治」的理想社會，FAIR的第二號人物——蘿拉・西蒙來到加利福尼亞州的沙斯塔山，做出某種詭異的舉動尋找聖遺物。另外真由美等人前往USNA與FEHR的蕾娜商討合作，卻被有心人士盯上……

各 **NT$200~220/HK$67~73**

虛位王權 1 待續

Kadokawa Fantastic Novels

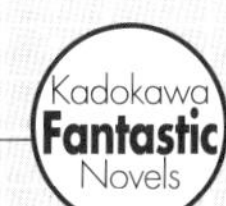

作者：三雲岳斗　插畫：深遊

龍與弒龍者；少女與少年——
日本的倖存者在廢墟都市「二十三區」相遇。

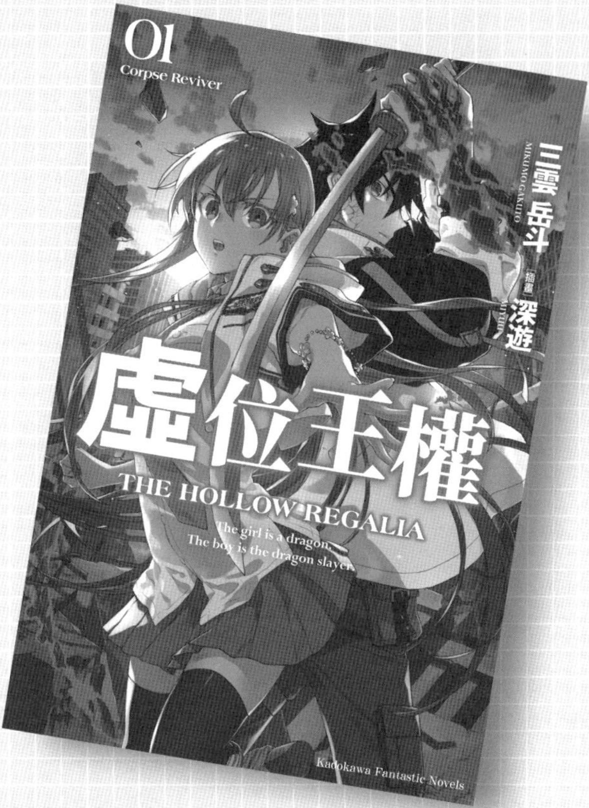

那天，巨龍現身在東京上空，被稱作魍獸的怪物大舉出現，加上「大殺戮」導致日本人滅絕。八尋是倖存的日本人。淋到龍血的他獲得了不死之軀，在化作廢墟的東京以搬運藝品為業。自稱藝品商的雙胞胎少女委託他回收有能力統領魍獸的櫛名田——

各 **NT$240/HK$80**

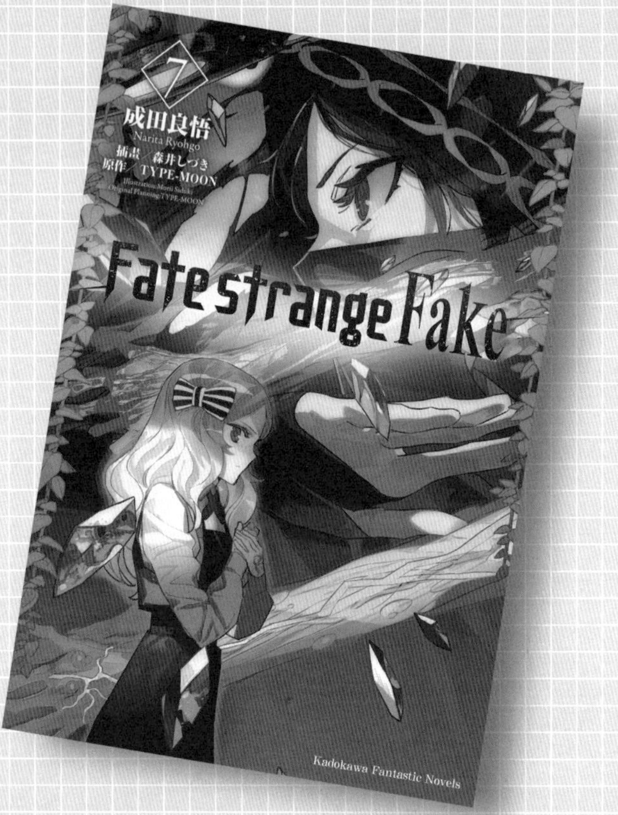

Fate/strange Fake 1~7 待續

作者：成田良悟　原作：TYPE-MOON　插畫：森井しづき

眼看狀況亂上加亂，黑幕們做出殘酷的裁決——
四十八小時後，「淨化」史諾菲爾德⋯⋯

鐘塔鬼才費拉特．厄斯克德司，遭狙擊手轟碎腦袋後居然急速再生，而且擁有超越英靈的魔力，成為本次聖杯戰爭最大的危險因子。同時，西部森林中，真狂戰士與其主人哈露莉試圖為女神伊絲塔建造神殿，而女神所呼喚的「颱風」也逐漸逼近⋯⋯

各 **NT$200~280/HK$60~93**

聲優廣播的幕前幕後 1～3 待續

作者：二月公　插畫：さばみぞれ

「「絕對不會輸給妳！」」
由想有所突破的聲優們主持的廣播，再度ON AIR！

隨著日常恢復平靜，夜澄目前的煩惱是——沒有工作！就在她窮途末路時，居然獲得了在夕陽主演的神代動畫中扮演女主角宿敵的機會！她幹勁十足，然而沒能持續多久……一流水準的高牆便毫不留情地阻擋在她面前——

各 **NT$240~250/HK$80~83**

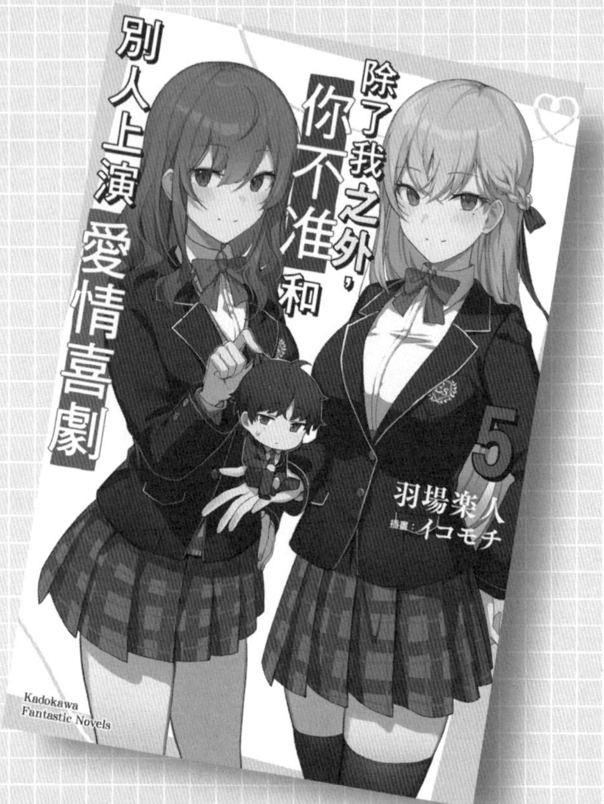

除了我之外，你不准和別人上演愛情喜劇 1~5 待續

作者：羽場楽人　插畫：イコモチ

戀愛與青春的文化祭開幕!!
臨時樂團「R-inks」能否成功站上舞台!?

文化祭快到了。我忙著參加文化祭執行委員會的活動、準備班級參展的內容。而輕音樂社的臨時樂團「R-inks」問題堆積如山，為此我們斷然決定在未明家集訓！此時鬱鬱寡歡的朝姬同學突然打電話給我——『……希墨同學，救救我。』

各 **NT$200~270/HK$67~90**

青梅竹馬絕對不會輸的戀愛喜劇 1~9 待續

作者：二丸修一　插畫：しぐれうい

女主角們之間戰雲密布，聖戰開打的第9集！

　　我跟老爸吵架，在衝動下離家出走，正走投無路時居然就接到白草打來的救命電話！我到白草的房間，便發現白草散發的氣息好像跟平時不同……？面對情人節，白草決定要一決勝負。她能贏過領先一步的黑羽，還有虎視眈眈地等候機會的真理愛嗎？

各 **NT$200~240/HK$67~80**

我當備胎女友也沒關係。 1 待續

作者：西 条陽　插畫：Re岳

儘管懷裡抱著妳，心裡想的人卻是她……
100%不健全、不純潔又危險的戀愛泥沼

我跟早坂同學都有最喜歡的人，卻都選擇了第二順位的對象交往。即使如此，一旦能跟最喜歡的人兩情相悅，這份關係也會宣告結束。明明是這麼約好的——當我們都接近最喜歡的人時，彼此卻愈陷愈深無法自拔，變得怎麼也離不開對方……

NT$270/HK$90

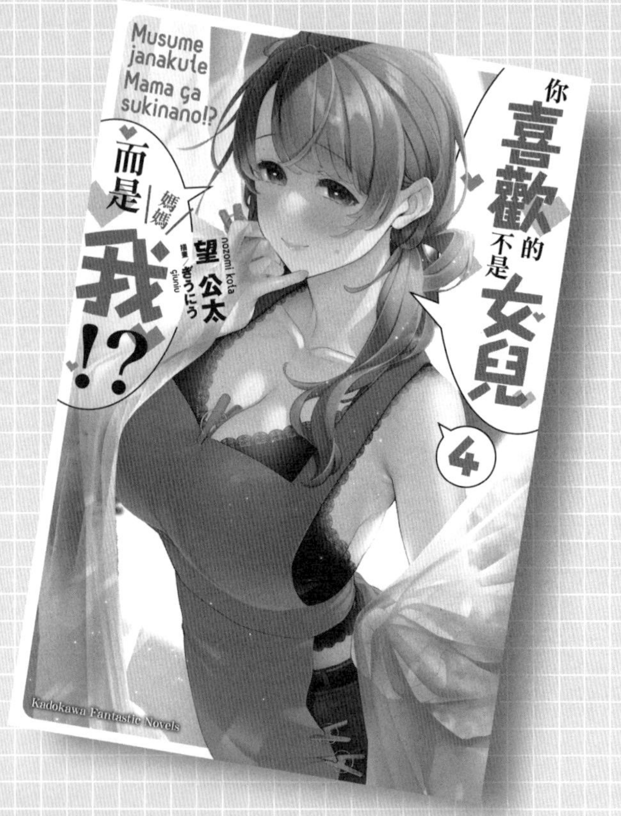

你喜歡的不是女兒而是我!? 1~4 待續

Kadokawa Fantastic Novels

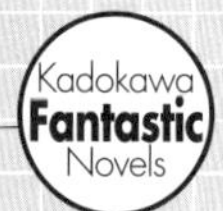

作者：望公太　插畫：ぎうにう

兩人的關係即將往前邁進一步。
一個艱難的抉擇卻又出現在他們面前——

遲遲沒回覆告白的我，終於不再猶豫了。一察覺自己的心意，我就在如火山爆發的情感之下吻了他。面對突如其來的吻，他雖然一臉驚訝，但是不用擔心，因為我倆之間早已無須言語。這下我和阿巧就是男女朋友了！結果這麼想的只有我一個……？

各 **NT$220/HK$73**

Flag 4.
不過，
我們是摯友
對吧？
上

男女之間存在純友情嗎？
不，不存在！

七菜なな
插畫／Parum

Kadokawa Fantastic Novels

男女之間存在純友情嗎？（不，不存在！）1~4 待續

作者：七菜なな　插畫：Parum

悠宇陷入女友與摯友的兩難之中！
他們的夢想與戀情會如何發展呢？

高二的夏天，悠宇跟日葵的情感總算有所進展。夏日祭典和海邊，暑假總算平安無事地進入尾聲的某一天，在紅葉的帶領（？）下，悠宇抵達了羽田機場。這時，凜音出現在他眼前——夏天還沒結束！跟「初戀的女孩」，一起來場第一次的東京「摯友」旅行！

各 **NT$$200~280 / HK$67~93**

國家圖書館出版品預行編目資料

魔王學院的不適任者：史上最強的魔王始祖,轉生就讀子孫們的學校. 10(上)/秋作；薛智恆譯. -- 初版. -- 臺北市：臺灣角川股份有限公司, 2023.01 面；公分. -- (Kadokawa fantastic novels)

譯自：魔王学院の不適合者：史上最強の魔王の始祖、転生して子孫たちの学校へ通う. 10,(上)
ISBN 978-626-352-166-7(平裝)

861.57　　111018411

Kadokawa
Fantastic
Novels

魔王學院的不適任者～史上最強的魔王始祖，轉生就讀子孫們的學校～ 10〈上〉

（原著名：魔王学院の不適合者～史上最強の魔王の始祖、転生して子孫たちの学校へ通う～10〈上〉）

2023年1月17日　初版第1刷發行

作　　者：秋
插　　畫：しずまよしのり
譯　　者：薛智恆

發 行 人：岩崎剛人
總 編 輯：蔡佩芬
副 主 編：林秀儒
美術設計：吳佳昫
印　　務：李明修（主任）、張加恩（主任）、張凱棋

發 行 所：台灣角川股份有限公司
地　　址：104台北市中山區松江路223號3樓
電　　話：（02）2515-3000
傳　　真：（02）2515-0033
網　　址：www.kadokawa.com.tw
劃撥帳戶：台灣角川股份有限公司
劃撥帳號：19487412
法律顧問：有澤法律事務所
製　　版：尚騰印刷事業有限公司
ＩＳＢＮ：978-626-352-166-7

MAOH GAKUIN NO FUTEKIGOUSHA Vol.10 <JO>
~SHIJOSAIKYO NO MAOH NO SHISO, TENSEISHITE SHISONTACHI NO GAKKO HE KAYOU~

Edited by 電撃文庫
First published in Japan in 2021 by KADOKAWA CORPORATION, Tokyo.
Complex Chinese translation rights arranged with KADOKAWA CORPORATION, Tokyo.